Lk 5766

L

Mulier amicta Sole

Notre Dame de lumieres

p. marveilles

LE SAINT
PELERINAGE
DE
NOTREDAME
DE
LVMIERES.

HISTOIRE CONTENANT
les Commencements, les Progrez, L'E-
stat, & les Miracles de l'admirable
devotion, de la Ste. Chapelle de Goult
en Provence, Evesché de Cavaillon.

Par le R. P. MICHEL DV S. ESPRIT,
Commissaire general, de la Reforme des
Carmes de Provence.

A LYON,
Chez IEAN GREGOIRE, ruë Merciere,
à l'Enseigne de la Renommée.

M. DC. LXVI.
Avec Approbation, & Privilege.

aug. disc. par.

A LA
REYNE.

MADAME,

Le zele qui m'a fait deſirer ardemment, procurer avec beaucoup de peines, & enfin acquerir en paix, pour noſtre ſainte Religion, & pour la Reforme de la Province de Provence, la poſſeſſion & l'adminiſtration de la Chapelle

ã 2

EPITRE

miraculeuse de noſtre Dame
de Lumieres, dans le terroir de
Goult : me donne la confiance
d'aborder humblement, &
ſans crainte vôtre Thrône
Royal. Comme vôtre Majeſté
fait parêtre continuellement
en toutes occaſions, à l'admiration de la France, ſon pieux zele au ſervice de Dieu, au culte de la Vierge, & à l'honneur
des Saints ; I'oſe luy preſenter
comme à la premiere des Reynes de la terre, les Miracles
faits dans vn lieu, que la Reyne du Ciel a choiſi depuis peu,
pour y recevoir les Perſonnes
ſacrées des Prelats, les ſacrifices des Eccleſiaſtiques, les preſens des Nobles, les vœux des

Pe

Pelerins, & l'hommage des peuples. Ie les ay exprimez le plus naïfvement, & le plus succinctement qu'il m'a esté possible, sans chapitres & sans figures, sans enchainures & liaisons, crainte d'estre trop long & trop prolixe.

C'est vne histoire, qui ayant pour fondement la pure verité, raconte vne partie des mer-ueilles, (car qui pourroit les di-re toutes?) faites ces dernieres années aprés l'invocation, & par l'intercession de la Mere de Dieu, dans la Province de Provence. Elles y ont esté tou-tes (à la reserve d'vne, laquel-le fut la premiere) faites depuis trois ans, & il s'y en fait con-

a 3

tinuellement, à la consolation
& admiration de vos peuples.
en plus grand nombre, & avec
plus d'evidance qu'en aucun
lieu que i'aye veu dans l'Eu-
rope. Toutes les infirmitez ren-
dent en cet endroit leurs hommages à l'Auguste Marie: &
il s'y fait, (souvent plusieurs
fois en vn jour) en des instans,
des guerisons de maux incurables, qui étonnent la plus profonde science des habilles, la
plus subtile industrie de l'Art,
& toute la nature.

Cette Ineffable Reyne du Paradis, y est invoquée soubs le
nom de Dame de Lumieres:
& v faisant quitter aux infi-
delles le tenebres de leurs he-

resies

resies ; les fait participer aux
clartez de la Foy divine. &
oblige les pecheurs, par des conversions inouyes, de renoncer à
l'obscurité de leurs crimes, &
de r'entrer dans les splendeurs
de la grace en la pratique des
vertus. Elle y guerit des rela-
xations sans nombre, des hy-
dropisies, des piquotes, des es-
crouelles, des apoplexies, des
vlceres, des gouttes, des fievres
& des paralysies. On y obtient,
en l'invoquant avec ce tiltre,
le laict des mammelles arides
& infirmes, l'exil du mal ca-
duc, & autres maux de teste,
la delivrance des femmes en-
ceintes, le bannissement des
tempestes , & le calme des

mers: Les affligez y reçoivent consolation, les insensez le jugement, les estropiez la guerison, les boiteux la droiture. Elle y donne l'oüye aux sourds, la parole aux muets, la veüe aux aveugles, la santé aux mourans & la vie aux morts, qui estans ressuscitez, portent eux mesmes leurs suaires & tableaux dans la sainte Chapelle, & publient hautement avec indicible allegresse ses miracles insignes.

Ces œuvres admirables estans les effets des energies Celestes, & les productions des lumieres Divines: ne doivent pas estre ensevelies dans les tenebres de l'oubly; & je serois

DEDICATOIRE.

coupable deuant Dieu, comme
desobeiſſant aux Superieurs,
qui ont deſiré ſeruice de ma
plume ; ſi ie les couurois par
pareſſe du rideau du ſilence.
Ayant eſté témoin oculaire
d'vne grande partie de tant de
merueilles ſignalées, (qui m'ont
ſouuent tiré des larmes des
yeux, à la veuë de beaucoup de
perſonnes, leſquelles ne pouvoient non plus s'abſtenir de
pleurer, de joye & de conſolation) & auriculaire quaſi de
toutes auec les formes : i'offen-
cerois en les taiſant, la ſainte
Vierge. C'eſt pourquoy ne pouvant rien faire de proportionné
à ſes faveurs, ny luy rendre
quoy que ce ſoit à l'eſgard de

ſes

ses bien-faits : ie dois au moins
les reconnêtre en les racon-
tant, & en les publiant, pour
les découvrir à ceux qui ne les
sçavent pas, luy acquerir de
nouveaux cliens, & confo-
ler ses veritables serviteurs.
D'autant plus que cette Reyne des Chastes cœurs, & debonnaire Mere des mystiques
amours, à daigné agréer mon
foible ministere, pour rendre les
Carmes possesseurs de ce lieu
de miracles : sur lequel on voit
tant, & si souvent, parêtre des
Lumieres surnaturelles, admirables & vtiles, pour quelque secret du Ciel, qu'on n'a pû
iusqu'icy découvrir : & que i'a-
dore ne le pouvent comprendre.

MA

DEDICATOIRE.

MADAME, le sujet est digne de Vôtre Majesté : puisqu'il s'agit d'amplifier le culte, d'étaler les liberalitez, & de publier les bien-faits de l'Imperatrice de la gloire eternelle. L'exposition de cette sainte Histoire, est à la verité basse & simple : parce qu'elle est sortie de la foible portée de mon esprit, & de la pauvreté de ma plume, quasi devenuë étrangere : & dautant que ie me suis laissé persuader, que semblables matieres doivent estre traitées fort simplement, avec la pure narrative : Mais comme il n'y a rien de trop saint pour vôtre Ame Royale, ny de trop sublime pour vôtre Esprit

tout

tout clair-voyant : de mesme il
n'y a rien de trop petit pour vôtre benignité, qui, à l'imitation
de la souveraine Majesté de
Dieu, n'excluë pas de ses regards les moindres ouvrages,
& ne dédaigne point les ser-
vices, les prieres, & les vœux
de ses plus indigens sujets.

Comme Vôtre Majesté re-
gne en France par la lumiere
de ses vertus, encore plus que
par la splendeur de son Scep-
tre, & que par l'esclat de la
Couronne primitive ; Mon
esprit oze esperer, qu'elle ne
dédaignera pas de prendre la
qualité de Protectrice de la devotion, & du Convent des
Carmes de Nôtre Dame de

Lu

DEDICATOIRE.

Lumieres. Il ne faut pas moins pour l'Ineffable Reyne du Ciel, que la plus Auguste des Reynes de la terre: & ce nouveau tiltre de Dame de Lumieres, estant recemment donné à la Mere de Dieu; ma plume ne doit pas ramper plus bas, & ne sçauroit aspirer plus haut, qu'au Patronage de la sublime mere du Dauphin de la France. La description d'vne devotion qui a commencé a estre connuë & publiée en vôtre Royaume, à mesme temps que vôtre Majesté à commencé d'y regner, est vôtre à plusieurs tiltres. C'est pourquoy ie n'ay pas craint de la luy consacrer, luy rendant

ε

EPISTRE

humblement mes hommages.

Il s'agit de publier les merveilles de l'Incomprehensible Marie, invoquée sous le tiltre de nôtre Dame de Lumieres. N'est-il donc pas iuste de procurer à ce Livret, & de mandier pour son Autheur la sauvegarde de la plus éclatante des Maries de la terre? Les Carmes qui sont les Enfans de l'aymable Marie, Dame du Mont-Carmel: & Freres de la Seraphique Therese Carmeline; sont les Administrateurs à Goult de ce lieu de prodiges. Et personne de ceux ausquels i'ay parlé de mon dessein pour cette petite Dedicace; n'a désaprouvé, que i'aye

am

DEDICATOIRE.

ambitionné en qualité de Carme, la puissante & debonnaire Protection de Marie Therese d'Austriche, incomparable Imperatrice des pieux & genereux François. I'espere obtenir, par les inspirations de N. Dame de Lumieres, cette grace de vos vertus Royales: & ie demande de surcroist avec profonde soumission, la faveur signalée de pouvoir me dire, être, vivre, & mourir, en tout hommage, & souverain respect,

MADAME,

DE VOTRE MAIESTE'

Le tres-humble, tres-obeyssant, & tres-fidele
serviteur & sujet,
Fr. MICHEL DV S. EPSRIT,
R. Carme Ref. de la Province de Touraine.

AV DEVOT
PELERIN
DE LVMIERES.

'HOMME estant sorty de la main toute-puissante de Dieu son Createur, voyage sur la terre : pour retourner à son principe, & retrouver son origine. Car il n'a pas icy vn lieu de permanence, mais il en cherche vn, qui n'est autre que la celeste Ierusalem, ville de la paix immuable. Celuy qui marche dans les tenebres du peché, & du vice ; fait vn pelerinage, qui n'a pour fin qu'vne eternelle mort. Au lieu que celuy qui chemine en enfant de lumiere, dans la splendeur de la vertu, arrivera infailliblement dans le Ciel empyrée, pour y vivre à jamais dans les clartez ineffables de la divinité.

Comme il n'y a rien de plus beau dans
la

la nature, que la lumiere ; aussi n'y a-il
aucune chose dans le Christianisme, plus
ravissant, & plus charmant que la vertu.
Et ainsi qu'il n'y a quoy que ce soit dans
l'Vnivers, de si antipathique à celle-là
que les tenebres, qui luy sont opposées
diametralement, estans sa privation ; de
mesme, il n'y a rien de plus contraire
à celle-cy, que le peché.

Iesvs la lumiere de son Pere eternel,
s'est incarné pour éclairer tous les hommes, en chassant les tenebres du monde,
*illuminat omnem hominem, venientem in
mundum.* Et Marie imitant son exemple,
illumine aussi (mais avec dependance)
non seulement les justes ; mais elle éclaire encore les dévoyez dans les tenebres
des heresies, dans l'obscurité des pechez,
& dans l'inevidance des maladies incurables : dont les causes sont ignorées, &
les remedes incogneus aux plus sçavans
& plus habiles Medecins de la terre.
Lutet in tenebris.

Ces vertus confirmées par des miracles éclatans, & comme publiées par des
lumieres surnaturelles, qui paroissent
souvent en diverses figures sur la sainte
Chapelle (& dont je traiteray à la fin

e 3

du Livret;) nous ont invité, inspiré, &
comme obligé, de donner avec les Ecclesiastiques, les Seigneurs, & habitans de
Goult, & des lieux circonvoisins, à la
Mere de Dieu, le titre de *Dame de Lumieres*. Qualité très-conforme aux vertus
ineffables, & aux brillans incomparables
de l'Auguste MARIE, comme il se voit
clairement par les raisons sus-alleguées:
& par les Litanies que i'ay mises à la fin
de ce Livret, & que i'ay tirées de la sainte
Ecriture, des Panegyriques des Autheurs
Grecs, des Eloges des Docteurs de l'E-
glise Latine, des Oracles des Conciles,
& de la Theologie.

Mais (cher Lecteur, qui ne desirez
pour la fin de vos voyages, & travaux,
que le Ciel) la curiosité Chrestienne, &
vostre pieté Catholique, qui vous fait
entreprendre avec les fatigues du corps,
les fraiz des chemins, ou du moins les
vœux de vostre cœur, le saint Pelerinage
de N. Dame de Lumieres, vous doit
faire souhaiter de sçavoir en fonds,
l'origine & l'état de cette devotion nouvelle & merveilleuse; de mon costé ie
me sens reciproquement obligé de faire
ma diligence, pour satisfaire à vos justes
desirs.

defirs , & contenter le zele ardant que
vous témoignez avoir pour ce qui con-
cerne le culte de la Reyne des Anges.
Voicy ce que les livres , les memoires
authentiques, & les anciennes écritures,
m'ont enseigné sur ce sujet; & ce que i'ay
pû tirer de la tradition.

La pieté des premiers Chrestiens
avoit , il y a plusieurs siecles , bâty vne
Chapelle, dediée à N. Dame, dans le terroir de Goult : qui dépend pour le spiri-
tuel de l'Evêché de Cavaillon, & pour le
temporel de la Province de Provence.
Elle avoit esté entierement ruinée, il y a
si long-temps ; qu'on n'y avoit dit aucune Messe depuis plusieurs siecles, pour
les vivans, ny pour les morts. Toutefois
on l'appelloit toûjours du nom de nôtre
Dame : & on y avoit fait vn grand Cimetiere, dans lequel estoient plusieurs
sepulchres tres-illustres. En effet, ces
tombeaux de pierres fort grandes, &
bien taillées contenoient les ossemens
des Chrestiens ; lesquels on a trouvé en
creusant pour détremper la chaux ; &
lors qu'on a fait les fondemens du logis,
qui est entre le Torrent de Limergue, &
le Presbytere de ladite Chapelle.

ē 4

PREFACE.

Vn miracle signalé, arrivé l'an 1661. en la personne d'vn habitant & ménager de la Parroisse de Goult, appellé Ialleton, proche la susdite Chapelle démolie; (dont on ne voyoit plus que les vestiges, & qui estoit toute remplie de terre, de pierres, d'épines & de ronces;) fut cause de sa reparation. Car ledit Ialleton, nommé par ses vrays nom & surnom Antoine de Nantes, ayant declaré à Monsieur de Melan, la grace qu'il avoit receuë en cét endroit, & la parfaite guerison, que ie diray en décrivant le premier miracle; Ils resolurent tous deux de travailler en sorte qu'on peust rebatir la Chapelle.

Ledit Sieur de Melan, Messire Pierre de Baras, Prestre & Secondaire de l'Eglise de S. Pierre, communiqua leur dessein à Monsieur de la Pierre Vicaire Perpetuel de Goult. Celuy-cy ayant fait sçavoir à Monseigneur de Mazan Evéque de Cavaillon d'heureuse memoire; ce vertueux & zelé Prelat consentit à leur pieuse intention de rebâtir la susdite Chapelle. Ils firent pour cét effet vne queste: & Messieurs les Ecclesiastiques de Goult, accompagnez des Penitens blancs, & de plusieurs personnes des deux sexes, alle-

rent

rent en Procession, au lieu auquel paroiffoient encore les veftiges de ladite Chapelle. Ce fut le premier jour d'Octobre
de 1661. auquel Monfieur le Vicaire
benit vne Croix de bois, qu'on planta en
cét endroit, fur le bord du Cimetiere, &
du chemin.

La moitié de la Chapelle fut rebaftie
des aumônes cueillies dans la Parroiffe:
& le troifiéme jour de Iuin l'an 1663.
elle fut benite par commiffion dudit
Seigneur Evéque, qui deputa pour ce
fujet le fufdit Sieur de la Pierre fon Official Forain. Ce fut pour lors qu'il pleût
à Dieu y faire des graces & merveilles:
& montrer par des effets prodigieux
qu'il vouloit eftre fervy en ce faint lieu,
& qu'il defiroit que les peuples y hono-
raffent fa tres-divine Mère.

Les Religieux Carmes du Convent,
& Hermitage Royal de S. Hilaire, fondé
par S. Louys, où je paffois en ce temps-là,
eftant Commiffaire general des Carmes
Reformés de Provence, me raconterent
ce qui fe faifoit fur ce fujet dedans leur
voifinage. Ie fis mes diligences pour ap-
prendre toutes les circonftances: & pref-
fentant les effets qui ont fuivy depuis;

é 5

je pris occasion de les employer, pour
ayder à Messieurs les Ecclesiastiques de
Goult, à cultiver cette nouvelle devotion: en les soulageans pour les Confessions, & pour les Sacrifices. D'autant
plus que ce Convent n'est éloigné de
N. Dame, que de demie-lieuë : & qu'il
ny a point de Religieux qui soient plus
voisins de Goult que les nôtres. Outre
que la sainte Vierge, sacrée Mere de Dieu,
ayant daigné prendre les titres de Patrone, de Sœur, & de Mere des Carmes;
c'eust esté vne négligence extrémement
blâmable, de ne pas contribuer éffica-
cement, à procurer sa gloire, & dilater
son culte. Nôtre Ordre, ayant esté insti-
tué en son honneur presque mille ans
devant l'Incarnation , par le glorieux
Prophete saint Elie ; nous sommes obligez d'imiter ce bien-heureux Fondateur,
& zelé Patriarche.

Les susdits motifs avec plusieurs autres raisons & persuasions de plusieurs
personnes de grande qualité , & de rare
pieté ; m'excitérent de travailler pour
acquerir à nostre Ordre cette sainte Chapelle, Ie commençay à negocier pour ce
sujet secretement vers la fin du mois
d'Aoust

d'Aouſt de l'an 1663. & en ſuitte je m'appliquay ouvertement & me declaray dans la pourſuite de la fondation d'vn Convent en ce lieu que N. Dame avoit éleu pour y élargir abondamment ſes graces. Enfin aprés avoir employé le credit, l'Authorité, & les ſollicitations de mes plus illuſtres Patrons, & Amis plus intimes ; Ie traitay par écrit avec Monſieur de Goult & avec Monſieur le Marquis de Beauchamp ſon fils, qui nous prefererent à tous les autres pretendans, par vne inſigne bien-veillance. Ils enterinerent ma Requeſte, ayans adjoûté au deſſous certains articles de Convention qu'ils ſignerent tous deux le troiſiéme de Décembre l'an 1663. & que je ſignay auſſi avec le R. P. Iean Baptiſte de Ieſus Pere maiſtre des Novices, comme mon Secretaire.

Ie paſſay en ſuite le 23. de Ianvier en 1664. Contract avec Monſieur Gazel Prieur de Goult : ſelon ſa promeſſe & parole donnée dés le commencément de la Negotiation publique, dans laquelle nous éprouvâmes les effets de ſon affection envers noſtre S. Ordre. Et je traitay encore depuis avec luy par devant Notaires

taires le 23. de Mars de la susdite année,
pour quelques circonstances ; après les
consultations de deux fameux Advocats
d'Aix. Le vingt-neufviéme de Mars suivant j'obtint le consentement de l'Ordinaire de Cavaillon, Monsieur de Vassous
Prevost de l'Eglise Cathedrale, & Grand
Vicaire, *Sede Vacante* : qu'il eut la bonté
de faire enregistrer dans le Greffe de
l'Evéché, & depuis il nous a toûjours
favorisé de sa protection, & bienfaits,
pour l'ardent desir qu'il a que cette devotion soit bien entretenuë à l'honneur
de Dieu, & de la sainte Vierge.

En vertu des susdits consentemens bien
consultez & concertez, je pris possession
de la Chapelle miraculeuse de N. Dame,
dans le terroir de Goult, prés du petit
fleuve appellé Lemergue, & Limergue ;
& de celle de saint Michel qui en est di-
stante d'environ deux cent pas. Cette
action se fit en public, le premier jour
d'Avril avec grande devotion, & toutes
les circonstances requises & necessaires
en telles occasions : & sans aucune oppo-
sition ; tant fut grande l'affection dont
Messieurs les Ecclesiastiques, & habitans de Goult m'honorerent en cette

concur

concurrence. Par l'Authorité de mon Office de Commissaire general, j'y fis venir des Religieux de saint Hilaire, d'Avignon, & d'ailleurs: & m'en allay traiter derechef avec Monsieur de Goult, & selon son desir nous passâmes ensemble le quatriéme du méme mois vn Contract en bonne forme : dans lequel furent écrits & confirmez nos Articles, & Conventions du troisiéme Decembre de l'année precedente. Et en suitte, selon le consentement que ledit Seigneur me donna de son plain gré, & à la persuasion de Madame de Goult, j'achetay tout le Terrain, droicts, maisons, bois, vigne, jardins, & prez, qui appartenoient à Antoine de Nantes appellé du peuple Ialleton, proche les deux dites Chapelles. Ce possesseur paisible prit vn Arbitre, & moy vn autre. Ceux-cy ne convenans pas pour le prix ; Monsieur le Marquis de Beauchamp daigna estre le tiers : & tous estans d'accord le Contract fut fait par Monsieur Voulon Greffier de Goult & Notaire Royal, le cinquiéme de May de 1664.

Ie fis bâtir en mesme temps la Chapelle de saint Ioachim, & des Chambres

i

PREFACE.

pour huict ou dix Religieux. Depuis du confentement du R. P. M. Antonin Gayon pour lors Provincial, nous avons fait commencer vn Convent magnifique, dont partie notable pourra eftre habitée devant Pafques prochain de 1666. par les Religieux. Le Rme. P. Ari, General de noftre Ordre, à approuvé cette fondation par fes Patentes fpeciales addreffées au fufdit Provincial. Depuis le R. P. Ierôme Vigne à prefent Provincial, m'a inftamment preffé & obligé d'Imprimer l'Hiftoire, & les miracles qui font continuellement demandés par la fainte curiofité des devots Pelerins, & la Communauté du Convent de ce lieu de Lumieres, m'a fouvent reïteré fes fouhaits, afin que j'achevaffe & donnaffe au public la Relation que j'avois commencée durant que j'étois en actuel exercice de ma commiffion.

Ie m'acquite de ces obligations, & inclinations pour ce Livret, & cét Hiftoire : avec cette declaration, que je n'ay écrit que partie des miracles, n'ayant pû fuffire à publier tous ceux qui ont efté operez dans la fainte Chapelle de Lumieres. La fuite fera voir beaucoup plus

clairement

PREFACE.

clairement les Ouvrages de Dieu, & de Marie : & vous (cher Pelerin) vous y admirerez le concours des peuples , les Proceſſions des villes , des villages , & des Penitens, les bandages, les armes, les potences , & les ſuaires : les preſens des lampes, des chandeliers, des Images , des figures, des plaques, des pieds , des bras, des yeux d'argent, des croix, des bagues, des pieces d'or : des ornemens precieux, des tableaux , & des autres choſes qui montrent la devotion des peuples , la ſainteté du lieu , le pouvoir de l'Auguſte Marie , & la pieté des Pelerins.

Permiſsion de l'Ordinaire de Cavaillon.

NOVS François de Vaſſous, Prevoſt & Vicaire general de Cavaillon, *Sede Vacante*, ayant ſçeu de ſcience certaine pluſieurs miracles operez dans la Chapelle de N. Dame de Lumieres, ſituée en la Parroiſſe de Goult, de cét Eveſché; & deſirans contribuer de tout noſtre pouvoir à la conſervation, & augmentation de cette devotion, permettrons par ces preſentes au R. Pere Michel du ſaint Eſprit, Commiſſaire general des Carmes Reformez de Provence, de les Imprimer, & publier (*Obtentis licentijs obtinendis, & Doctorum Approbationibus.*) pour la conſolation des ames fideles. En foy dequoy, &c. Fait à Cavaillon le 6. de Decembre 1665.

F. DE VASSOVS Prevoſt,
Vicaire general.

Licentia Reverendissimi Patris Generalis totius Ordinis Carmelitarum.

AVthoritate nostrâ, præsentium tenore, Dilecto nobis in Christo Reverendo admodum Patri Michaëli à sancto Spiritu, publico sacræ Theologiæ professori, nostra-que in Provincia Provincia, pro reforma-tis, Commissario generali, licentiam fa-cimus Typis mandandi tùm tractatus Theo-logicos quos docuit, tùm alia opera, seu latina, seu Gallica ab eo composita, & com-penenda, servatis omnibus consuetudine & jure servandis. In quorum fidem, &c. Datum Romæ in Conventu nostro sanctæ Mariæ Transpontina, die decimaquintâ mensis Iulij, anno Domini 1662.

.Frater HIERONYMVS ARI, Generalis Carmelitarum.

Locus † Sigilli.

Fr. ALBERTVS A SANCTO IOSEPH Secretarius.

i 3

Approbations des Docteurs de l'Ordre.

IE soubsigné Docteur en Theologie, & Prieur du Convent des Carmes de la ville d'Arles, ay veu & leu vn Livre intitulé *le Saint Pelerinage de N. Dame de Lumieres*, composé par le R. P. Michel du S. Esprit Religieux de nostre Ordre, Docteur & Professeur public en Theologie, dans lequel je n'ay rien remarqué de contraire à la foy Catholique, & qui ne soit conforme aux bonnes mœurs: Mais j'y ay leu avec sentiment de pieté plusieurs choses qui peuvent exciter de plus en plus les Lecteurs à honorer la sacrée Vierge: En foy dequoy, &c. A Arles le 30. Novembre 1665.

F. ANTOINE DAVNIER.

IE souffigné Docteur en Theologie, Penitencier de fa Sainteté, & Prieur du grand & Ancien Convent des Carmes Reformez d'Avignon, ay veu & leû le Livre & Hiftoire des Miracles *de noftre Dame de Lumieres*, compofé fous le tiltre *du faint Pelerinage*, Par le R. Pere Michel du S. Efprit, Religieux de noftre Ordre & Reforme. Dans lequel je n'ay rien remarqué de contraire à la foy Catholique; & qui ne foit conforme aux bonnes mœurs. J'ay fouvent admiré & loüé le zele, le courage & la patience qu'il a eu pour pourfuivre durant fept mois avec beaucoup de peines & travaux la poffeffion de la fainte Chapelle de Goult, & pour acquerir à l'Ordre & à a Province l'adminiftration de ladite devotion. Ie prie Dieu qu'il foit fa recompenfe & la fainte Vierge qu'elle veüille favorifer cét opufcule de fa protection. En foy dequoy, &c. Fait à Avignon ce quatorziefme jour, de mille fix cents foixante fix.

F. GABRIEL NALLYS, Prieur, &c.

Extraict du Privilege du Roy.

PAR GRACE ET PRIVILEGE DV ROY, en vertu de ses Lettres Patentes données à Poitiers le 23. de Ianvier 1652. & le neufviéme de son Regne; Il est permis au PERE MICHEL DV S. ESPRIT, Carme Reformé de la Province de Touraine, Professeur en Theologie, &c. De faire Imprimer, vendre & debiter par tout le Royaume, (les Livres qu'il aura composez & faits) par tel Imprimeur ou Libraire qu'il voudra choisir, & autant de fois qu'il voudra, durant l'espace de quinze années entieres & accomplies, à compter du jour que chaque Tome ou Livre sera achevé d'Imprimer. Avec inhibitions & deffences à qui que ce soit d'Imprimer vendre & debiter ses Livres durant ledit temps, conjointement ou separément, sans son consentement, ou de ceux qui auront droict de luy, sous pretexte d'abregé, correction, augmentation, changement de titre, fausse marque, ou autre deguisement, à peine de deux mille livres d'amandes applicables,

applicables , &c. & confiscation des exemplaires contrefaits, & de tous dépans, dommages, & interests, &c. Voulans aussi qu'en mettant à la fin ou au commencement de chacun de ses Livres vn extraict des Lettres Royales , elles soient tenuës deuëment signifiées, & que foy y soit adjoûtée, &c. Nonobstant oppositions , ou appellations quelconques & lettres à ce contraires , lesquels ne pourront nuire ny prejudicier , & ausquelles le Roy déroge desirant que celles-cy ayent leur plein, & entier effect: signées le jour & an que dessus par le Roy en son Conseil.

LE BRVN.

J'Ay permis au sieur IEAN GREGOIRE, d'Imprimer *le S. Pelerinage de N. Dame de Lumieres*, pour vne fois seulement : & d'en tirer & remettre le nombre d'Exemplaires dont nous avons conuenu par ensemble, le 29. Ianvier 1666.

F. MICHEL DV SAINT ESPRIT R. C. R.

Le R. Pere Leon Predicateur Ordinaire
du Roy, & asistant general de l'Ordre
des Carmes, estant venu faire ses devotions dans la sainte Chapelle de Gouls,
fit des vers qui suivent sur le lieu, &
les offrit à Nostre Dame de Lumieres.

SACELLVM MIRACVLOSVM
Divæ Virginis Mariæ de Luminibus.

HIC vbi nocturnos ignes accendit Olympus,
    Supremíque faces fundit ab axe Poli.
Diva sibi Virgo primævas repparat Ædes,
    Atque suis claram signat amica domum.
Cultores olim Carmeli stemmate notos
    Advocat, & sacris sedibus ipsa locat.
Fama volans terris passim miracula spargit,
    Cœléstique pias convocat ære Plebes.
Vndique concurrunt turmæ votiva ferentes
    Dona, & cum precibus numina sollicitant.
Auribus haud surdis canitur, miracula Divûm
    Cœlitus occurrunt, muneribúsque beant.
Auditum surdus recipit, sua lumina cœcus,
    Luxata & florent membra vigore novo.
Herniam si dudum vexatos dira relaxat,
    Redduntur loculis viscera quæque suis.
Aspice dum maiora cano miracula Sedis,
    Abluat vt noxas, approperetque salus.
Hos infanda venus, illos male saua cupido,
    Hos vindicta ferox, hos premit ingluvies.
                    Mendaces

Mendaces alij mutuò perjuria nectunt,
  Blafphemas voces impia corda vomunt.
Accedunt Ægroti ad facri limina Templi,
  Ac fufis lacrymis crimina prifca dolent.
Subque Sacerdotis dextra veniam vfque reportant,
  Et CHRISTI libant pectora fancta dapes,
Eminet exoriens vicino in colle Sacellum,
  Sacravit dudum quod Michaëlis honos.
Vifuntur circum fubfoffis offa fepulchris,
  Quæ populus veteri Relligione colit.
Hinc ignes varij, hinc & fulgetra fæpè corufcant,
  Quæ noctu illuftrant æthera luce nova.
Inde globi, inde faces, tædæ, trabeæque, crucefque
  Allambunt factam Virginis effigiem.
O lux, ô folis genitrix amora, iubarque,
  Iam Populi tenebras pelle MARIA tui,
Divini folis radios diffunde per Orbem,
  Et mentem & corpus luce, calore fovens.
Hæc nos fupplicibus votis te, VIRGO rogamus,
  Vt fias cunctis certa medela malis.

EPI

EPIGRAMME
A L'AVTHEVR.

CE Livre, qui ravit nos esprits,
     & nos yeux,
Est vn de ces beaux fruits que produi-
    sent vos veilles,
Vous ne sçauriez jamais, mon Pere,
    faire mieux.
Que de nous faire voir de si grandes
    merveilles.

                A. D. Cotholendy.

A L'AVTHEVR DV S. PELERINAGE.

QVand je lis ce qu'à fait l'Etoile ma-
    tiniere,
Ses graces, ses faveurs, ses miracles divers,
Ie dois certes conclurre en Prose, comm'en
    Vers,
Que vous estes pour nous vn Ange de
    Lumiere.

               Fr. P. Rel. Car.

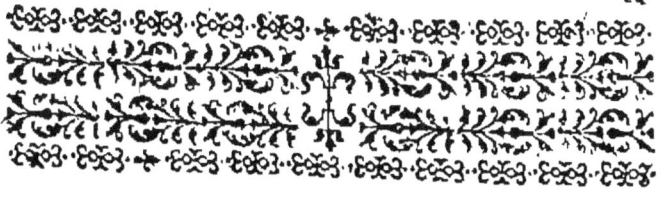

LE SAINT
PELERINAGE,

CONTENANT

L'HISTOIRE, ET LES
Miracles de N. Dame de
Lumieres, Sacrée Mere de
Dieu, Reclamée en la fainte
Chapelle de Goult, dans la
Provence, & Evefché de
Cavaillon.

ES petites fources com-
mencent le grands fleuves,
qui s'enflent & fe groffif-
fent par la jonction des autres eaux : avec lefquelles, fe mélans
dans le mefme canal, elles fe font place ; courans les vnes aprés les autres :
& comme fe fuyans s'entrainent, &
roulent vers l'Occan, d'où elles font

A

sorties. Dieu se plaist à commencer les grands ouvrages par de petites choses,& par succession : & quoy que tout d'vn coup,en vn moment, en vn instant & par vn seul *fiat* , il puisse faire tout ce qui est concevable à l'Esprit Angelique & humain , & infiniment plus ; Il fait toutesfois ce qu'il veut d'vne maniere admirable, avec le poids & la mesure,par la douceur & par la force.

Le Prelude de la Nouvelle & merveilleuse devotion de *Nostre Dame de Lumieres,* (qui surprend les Esprits & attire les cœurs des Iustes & des pecheurs , par des Lumieres surnaturelles, des touches interieures, & des ardeurs sensibles;) n'a pas esté formé, ny commencé par la personne signalée de quelque Prince , ou grand Seigneur. Mais(selon les desseins secrets & vouloirs adorables de la sage Providence & provide Sagesse de Dieu,) par la guerison miraculeuse d'vn Habitant ordinaire de Goult dans l'Evesché de Cavaillon, en la Province de Provence. Ce divin Medecin se plaisant à tirer sa gloire des maladies

in

incurables , & à confondre les forces
de l'Enfer & l'inflexible obstination
de l'heresie par les infirmitez.

CE fut l'an 1661. qu'Antoine de
Nantes (dit communément du
peuple, *Ialleton,*) habitant de la Parroisse de Goult, âgé pour lors de soixante & trois ans, & violamment travaillé depuis dix ou douze ans , par
vne relaxation & descente de boyaux
dans le scortum, d'vne grandeur &
grosseur prodigieuse ; Estant proche
du lieu où autrefois avoit esté la
Chapelle de N.Dame , (& où l'on
voyoit encore les vestiges & le reste
des murailles , tout le dedans estant
rempli de ronces;) Il vid vne grande
lumiere sur le lieu de ladite Chapelle
démolie : & au milieu le plus bel Enfant, qu'il eût jamais pû s'imaginer.
L'envisageant parmy ces clartez , &
dans ces rayons, il le voulut prendre,
mais il luy disparut: & à mesme temps
(comme il a deposé avec serment devant Mr. de la Pierre , Official forain

de

de Cavaillon, & Vicaire perpetuel de
Goult) il fentir tomber fon grand
bandage de fer , & fut entierement
guery. Cette grace luy donna, à fa
femme, à fes enfans, parens, & amis
vne incroyable confolation : & fut en
mefme temps le premier fujet, de la
renovation d'vne devotion enuers la
Ste Vierge, dont le Culte avoit efté
en cét endroit enfevely durant plufieurs fiecles dans les tenebres,& dans
l'obfcurité, par la negligence des
Chreftiens, par l'iniquité des heretiques, & par le peu de zele des ames
Catholiques. Et ce qui eft de furcreît
admirable, ce bon homme, (que ie
cognois tres-particulierement)qui ne
pouvoit plus travailler depuis tant
d'années, & qui gardoit prefque tou-
jours le lict, ne marchoit que rare-
ment avec beaucoup de peines & de
douleurs,eftoit ceint d'vn gros bandage tout de fer, & avoit laffé & employé inutilement la Medecine,& la
Chirurgie plufieurs années, au fceu
des habitans de Goult, & des Villages voifins, receut vne fi parfaite &
entiere guerifon en vn inftant,proche
de

de ladite Chapelle démolie, & à la veuë
de ces Lumieres ; que depuis il n'a
ressenti aucune douleur, a fait de grāds
voyages à pied, les dix & douze lieuës
par iour en Provence & en Dauphiné, & travaille encore incessamment
tous les iours, dans l'âge de 67. ans.

Quelque temps aprés, la Chapelle
estant en partie rebastie sur les vieux
fondemens ; Dieu témoigna par des
Lumieres & des miracles, qu'il vouloit
qu'on le servit, & qu'on honorât sa
sacrée Mere en ce saint lieu. En effet
les habitans du terroir & Paroisse de
Goult & des lieux circonvoisins remarquerent, avec sentiment de pieté,
que les lumieres paroissoient plus
souvent durant la nuict, qu'auparavant, au dessus & aux environs de ladite Chapelle. De sorte qu'on commença deslors à appeller ce lieu, par
vn secret instinct, *Nostre Dame de
Lumieres.* Et la Chapelle de S. Michel,
qui est à deux cens pas de là, *S. Michel de Lumieres :* Car auparavant on
nommoit seulement la Chapelle de
la Mere de Dieu, *Nostre Dame*; & celle
du Primat des Esprits Angeliques, la

Chef des trois Hierarchies, & Connestable du Ciel, *S. Michel*, ou S. Michel de la Baume, ou S. Michel des Saints. Comme il apert pas les provisions de Mr. Gazel, Prieur de Goult, & de ses devanciers, par les actes authentiques, instrumens publiques, memoires anciennes, & traditions du pays.

SI-tost qu'on commença à celebrer la sainte Messe en cette Chapelle, le troisiéme iour de Iuin 1663. aprés l'interruption de plusieurs siecles. (Ie l'avois veuë de mes propres yeux démolie & pleine de ronces, le troisiéme Dimanche de Carême de la susdite année 1663.) Dieu montra par les effets de sa toute-puissance, qu'il cherissoit ce lieu. De vray la premiere semaine qu'on y offrit à la divine Majesté le saint Sacrifice, l'Hostie immaculée ; Damoiselle Catherine d'Arnoux, Epouse de Mr. Molinas Baile, & Bourgeois de Goult, ayant perdu entierement la veuë ; nonobstant

ſtant la diligence des Medecins, Operateurs, & Chirurgiens, & l'aplication
de toutes ſortes de remedes , durant
l'eſpace de 7. mois entiers; ſe fiſt conduire à la Chapelle de N. Dame, avec
ſon fils Ioſeph Molinas, âgé pour lors
ſeulement d'environ dix-huit mois,
& travaillé d'vne décente de boyaux:
Elle y fit commencer vne neufvaine
de Meſſes, ſon fils au meſme temps fut
entierement guery de ſa relaxation,
& elle recouvra la veuë en meſme
temps : ce double miracle ayant tiré
l'amour des cœurs enuers la Vierge,
la joye des Habitans de Goult, & l'admiration de tout le voiſinage.

L A meſme année 166z. & dans le
meſme mois, Pierre Ioſeph Rou-
re, fils de M. Luc Roure, de la Paroiſſe
de Goult, âgé d'vn an & demy, eſtoit
relaxé du coſté droit : il fut taillé par
vn Operateur, & en ſuite on trouva
qu'il eſtoit rompu du coſté gauche.
Sa mére deſolée, deſeſperant des remedes humains, naturels & artificiels,

resolut d'avoir recours aux divins,
spirituels, & surnaturels, & de demandes à Dieu la guerison de son enfant,
par les merites & les intercessiós de la
tres-sainte Vierge. Pour ce sujet, elle
alla à la Chapelle de N. Dame de Lumieres ; & sans dire à qui que ce fut
la cause, elle continua en ce lieu déja
miraculeux, vne neufvaine, à la fin de
laquelle, ayant fait celebrer vne Messe, son enfant se trouva entierement
guery ; & depuis ce temps là, n'a eu
aucune incommodité, ny ressentimens
de ses infirmitez.

A V mesme mois de Iuin, Iean
Baptiste Valentin, âgé de quatre
ans, estoit dans son enfance affligé de
deux grandes infirmitez ; dont l'vne
estoit vne descente de boyaux, & l'autre vne fluxion sur les yeux, qui luy
avoit presque causé la perte de la
veuë. Son pere Claude Valentin fit
celebrer le S. Sacrifice de la Messe,
dans la Chapelle miraculeuse de nostre Dame de Lumieres, pour demander

der à Dieu, par les interceffions de cette Confolatrice des affligez, la double guerifon de fon enfant: Et on vit peu de iours aprés qu'il fut parfaitement delivré de fes deux maladies, par vn double miracle dont il épreuve tous les iours les effets, ne reffentant aucune des deux infirmitez.

EN mefme temps, Meffire Efprit Tirand, Secondaire de la Paroiffe de Samiane, fe tranfporta à la fainte Chapelle; & y celebra la Meffe pour Iofeph Vidal fon filleul, qui eftoit relaxé & tres-incommodé d'vne décente de boyaux. Eftant retourné à fa refidence, & ayant dit à fa commere le fujet de fon voyage, ils vifiterent l'enfant, qu'ils trouverent parfaitement guery & delivré de fon infirmité.

AV milieu du moys de Iuillet, de la mefme année 1663. Marc

A 5

Roque, Marchand de la ville de Menerbe, qui eſtoit extremement vexé
& travaillé d'vne deſcente de boyaux;
ſceut la gueriſon miraculeuſe d'Antoine de Nantes, affligé du meſme mal
de relaxation iuſques à l'eſtonnement;
fut trois ou quatre voyages à la Chapelle de N. Dame de Lumieres, ſans
avoir eu la conſolation d'y entrer,
l'ayant toûjours trouvée fermée, lors
qu'il y eſtoit allé. Il fit ſa priere à la
porte, &, ô bonté de la Mere de Dieu!
il ſe trouva totalement guery, & ſes
bandages rompus, quoy qu'ils fuſſent
de fer.

LA devotion s'augmentoit de iour
en iour par la veüe des Lumieres
plus frequentes ; par les Confeſſions
extraordinaires; par les Communions
tres-pieuſes, & par la multiplicatiõ des
Miracles ſignalés. Dieu qui ſe plaiſt à
tirer le bien du mal, & à faire honorer
ſa ſainte Mere; permit que le petit
Marquis de Goult, Iean Baptiſte de
Donis, fut dans ſon bas âge, griévement

ment travaillé d'vne fiévre continuë,
& d'vn vomiſſement tout extraordinaire, qui l'affoibliſſoit ſans relaſche,
& qui avoit oſté l'eſperance de ſa
vie, non ſeulement aux domeſtiques,
& habitans de Goult:mais encore aux
Medecins & Chirurgiens. La tendreſ-
ſe amoureuſe de Madame Ieanne de
Stuard, deſeſperant de l'efficace des
remedes naturels, recourut aux diuins;
& joignant ſa pieté avec la devotion
de Mr. le Marquis de Beauchamp ſon
mary; Ils voüerent tous deux leur
cher enfant à N. Dame de Lumieres,&
Dieu exauçant leur vœu, il commença
au meſme temps d'eſtre ſoulagé. Ils
firent dire vne neufvaine de Meſſes,
en la ſainte Chapelle, & il receut
gueriſon, en jettant par la bouche, ſans
aucune douleur vne grande abondance d'humeurs conglutinées & ramaſ-
ſées enſemble, en forme d'apoſthume,
qui eſtoient la cauſe de ſon mal: comme la ſuite le montra, par le recou-
vrement de ſa ſanté, dont il joüyes,
graces à Dieu & à N. Dame des Lumieres.

Iean

IEAN Antoine Berard, fils de Pons,
& de Ieanne Bondouze, habitans de
Caumont, âgé de cinq ans, estoit travaillé d'vne descente de Boyaux.   Il
fut conduit par ses susdits pere & mere à la Chapelle de N. Dame de Lumieres, lesquels ayans fait dire vne
Messe pour luy, en ce S. lieu, il fut parfaitement guery de sa relaxation. Pour
action de graces, & témoignage de la
faveur receüe, ils laisserent son bra-
guet à ladite Chapelle.

LE bruit des miracles de cette nature, ne pouvoit se répandre au
loing, sans qu'ils fussent divulguez
dans le lieux plus voisins de la source,
singuliere d'vn bien-fait sans pareil
dedans les Chapelles des autres devotions. En effet tant de merveilles
estans dites & redites à Oppede; Elizabeth Giety, femme de Mr. Sabatery,
habitans dudit lieu (dont est Seigneur

gneur, & porte fon furnom, le tres-
illuftre, tres-fage, & tres-aymable
chef de l'Augufte Parlement de Provence) fit celebrer vne neufvaine de
Meffes au mefme mois d'Octobre,
dans ladite Chapelle miraculeufe de
N. Dame de Lumieres dans la Paroiffe
de Goult, en l'Evefché de Cavaillon,)
elle fut entierement guerie d'vne décente de boyaux, dont elle eftoit affligée, & de laquelle elle n'eft plus incommodée depuis l'accompliffement
de fon vœu, & l'enterinement de la
requefte qu'elle avoit prefentée à la
Mere de Dieu, pour demander à fa divine Majefté, par fes merites & fuffrages cette faveur fignalée.

CETTE admirable Reyne du Ciel,
ne fe contente pas feulement de
fignaler fa puiffance en exauçant les
Iuftes, par des effets de la Iuftice dont
elle eft le miroir : ny de montrer fon
amour à l'endroit des fideles, qui font
pecheurs, & dont elle eft le Refuge.
Mais elle daigne encore comme vni-

B

que Mere de misericorde, procurer la guerison corporelle des Heretiques: pour les attirer par sa Clemence, dans les lumieres de la Foy, à son Fils Iesus-Christ: & afin de les faire entrer dans les voyes du salut eternel.

Cela s'est veu par les plus obstinez, à leur confusion, & à leur condamnation, s'ils ne se convertissent: & par les veritables Catholiques, à leur consolation, dans la sainte Chapelle de N. Dame de Lumieres, au mois d'Octobre de la susdite année. Ce fut lors que Suzanne Chanfouran, femme de François Docende, du Village des Baumettes, scitué dans le terroir & Paroisse de Goult, tous deux de la Religion pretenduë Reformée, ayant appris dans plusieurs entretiens, & par diverses relations ; que les personnes relaxées, & sur tout plusieurs Enfans dans la Chapelle de N. Dame de Lumieres, placée entre les Baumettes & Goult, estoient gueris & delivrez de leurs infirmitez : Alla trouver Mr. de la Pierre, Vicaire perpetuel de Goult, à ladite Chapelle, avec son Enfant, extraordinairement vexé d'une descente

de

de boyaux , & le pria de permettre
qu'vne de ses voysines qui l'accompa-
gnoit, & qui estoit Catholique, l'in-
troduisit dans la sainte Chapelle ; luy
promettant que si son Enfant recevoit la guerison qu'elle demandoit ;
son mary & elle feroient abjuration
de l'heresie , & entreroient avec la
grace de Dieu , au giron de l'Eglise
Romaine. Mr. le Vicaire , prudent &
sage, comme docte & Docteur, fit visiter l'Enfant par vn Chirurgien, pour
sçavoir au vray s'il estoit relaxé : & il
vit la rupture & descente de boyaux
de ses propres yeux. Alors se confiant
dans la misericorde de Dieu, & dans
la bonté de la Vierge sacrée; Il mena
ce petit Enfant, âgé seulement de deux
ans devant l'Autel, où aprés avoir dit
les Litanies de N. Dame, on remarqua
visiblement que l'Enfant avoit chan-
gé de couleur , que son visage , qui
estoit auparavant blême & pasle ,
estoit pour lors vermeil. Ce qui fit
que Mr. de la Pierre, Vicaire & Official, le fit porter par la femme Catholique au bas de l'Eglise: Voicy comme
il en parle dans son manuscrit dont

j'ay fait tirer les paroles suivantes de
mot à mot.

Ie dis à la femme qui le portoit, de se
retirer au bas de la Chapelle, & de faire
entendre la sainte Messe à cét Enfant,
ce qu'elle fit : & sa mere sans que ie prisse
se garde, entra dedans & entendit aussi
ladite Messe. Au sortir de la Chapelle
ie fis derechef visiter ledit Enfant par
vn Chirurgien d'Opede, & il me fit voir
que ledit Enfant estoit guery. Ie remon-
tray lors à ladite Chamfouran sa mere,
qu'elle estoit bien redevable à la Mere
de Dieu ; & l'exhortay de tenir la promesse qu'elle m'avoit faite, que si elle ne
le faisoit ; Dieu la puniroit & son petit
aussi, à cause de son infidelité. Comme
elle estoit chancellante dans sa resolution, Dieu permit que quand elle fut arrivée à sa grange, où elle demeuroit, au
terroir de Goult, son Enfant fut plus relaxé qu'auparavant. Elle rapporta tout
ce qui s'estoit passé à son mary, & luy
dit, que ie l'avois avertie, que si elle ne
tenoit sa promesse, son Enfant ne gueri-
roit pas, mais que peut-estre Dieu per-
mettroit qu'iceluy mourroit. Ce discours
toucha tellement ledit François Docende.

de, que le quatriéme de Novembre, iour
du S. Dimanche, il me vint trouver, &
me pria de le recevoir pour abjurer l'heresie: ce que ie fis dans l'Eglise Paro-
chiale, en presence de mes Prestres, & de
plusieurs autres personnes, ayant de ce
pouvoir par mes Superieurs. Le lendemain ladite Susanne Chanfouran vint
aussi abjurer son heresie, & i'administray
les Ceremonies de l'Eglise à son petit
Enfant, qui avoit esté baptisé par vn
Ministre de la religion Calviniene.

CE vingtiéme dudit mois de Novembre, André Docendo, frere dudit François, ayant apris tout ce que
dessus, de son neveu, de son frere, & de sa
belle sœur, me vint aussi trouver pour se
faire recevoir en nostre Religion. Ie le
receut donc dans ladite Eglise Paro-
chiale, & luy donnay l'absolution de son
excommunication, comme à son frere, &
à sa belle sœur; & à present ils sont fort
zelez à nostre Religion, & frequentent
souvent les Sacrements. Dieu à permis
que cét Enfant ne fut pas bien guery de

fa relaxation, iufques au mois de Nô-
vembre, par vn fecret iugement ; neant-
moins il eſt à preſent fort bien guery. Sa
mere en action de grace a porté à la
Chapelle, & à offert ſon brayet, ou bandage à la ſainte Vierge. Beniſſez à iamais la Providence diuine, laquelle par
l'infirmité de ce petit Enfant, a operé la
converſion de quatre perſonnes.

AV meſme temps, & dans le meſme mois, qui fut celuy de Novembre, Marguerite Gervaiſe, de la
Ville de Marſeille, demeurant dans
Cadenet, affligée d'vne grande infirmité, en ſorte qu'elle ne pouvoit marcher qu'avec deux potences, depuis
trois ans (ce qui eſt notoire à tous les
habitans du lieu :) Voyant que pluſieurs perſonnes du terroir dudit Village, & des Paroiſſes circonvoiſines
marchoient enſemble vn Samedy,
s'enquêſta, où elles alloient, & ayant
apris que c'eſtoit à N. Dame de Lumieres ; Elle pria vn de la compagnie
de porter quelques deniers qu'elle luy
donna

donna à la fainte Chapelle; & de fup-
plier la Mere de Grace d'interceder
pour elle envers Dieu : Le jour fuivant fur les neuf heures du matin.
(auquel temps ces pieux Pelerins
eftoient dedans le lieu miraculeux).
cette pauvre eftropiée receut vne
parfaite guerifon , & quitta fes potances, dont elle n'a eu befoin depuis
en aucune façon.

———

CE lumineux Soleil de l'Election
de Dieu , darde fes rayons bien-
faifans fur les pauvres & fur les riches , fur les roturiers & fur les nobles , & Marie n'a acception de perfonne : parce qu'elle eft vn Aftre vni-
verfel & vn planette general. En voicy encore vn bel exemple.
Meffire Philippe Guillaume de
Cadas d'Anfelme, de la tres-illuftre &
ancienne Maifon de Caderouze , alla
le quatorziéme du mois de Decembre de la mefme année 1665. à noftre
Dame de Lumieres : Il y offrit la premiere des lampes d'argent, qui ornent

ce lieu miraculeux , pour gratitude
genereuse & reconnoiſſance pieuſe de
la gueriſon qu'il avoit receu , aprés
l'invocation & par les interceſſions
de la glorieuſe Vierge, d'vne paralyſie
de tout le coſté droit , qui l'avoit travaillé & affligé durant quelques années. Deplus ſa liberalité luy fit laiſ-
ſer dequoy avoir de l'huyle pour l'en-
tretien de la lampe , qui ſert de memoire du bien-fait qu'il a receu de la
Mere de Dieu, ſa ſinguliere patrone,
& protectrice.

IEAN Charles Agnel,fils de Pierre,
Marchand de la Ville d'Apt , ayant
eſté voüé par la pieté de ſes parens à
N.Dame de Lumieres ; Il fut guery le
vingt-huictieſme iour de Mars, de la
meſme année, à l'âge de ſix ans, d'vne
deſcente de boyaux , dont il eſtoit
tourmenté violemment & continuellement.

Le

———————————————

LE trentiefme dudit mois, Ieanne Giraude, du Village de Soorians, eftoit travaillée d'vne paralyfie au bras gauche, depuis dix ans : Elle fit vœu à N.Dame de Lumieres, fit dire vne Meffe dans fa fainte Chapelle de Goult, & receut en fuitte parfaite guerifon.

———————————————

ALlemand Brunet, de la Paroiffe de Vedenes, âge de 23. ans, eftoit incommodé d'vne rupture, & defcente de boyaux des deux coftez : Il fit vœu à N.Dame de Lumieres, & y fit dire vne Meffe le trentiefme Decembre, & impetra la guerifon entiere de cette double relaxation. Il a laiſsé pour memoire de la grace receuë, fon bandage qui fe rompit, quoy que de fer, lors qu'il fut delivré de ces maux, dans la Chapelle miraculeufe, dans laquelle il eft attaché aux murailles.

B 5

LE mesme iour, Gabriel Anequin, de la Ville de Pertuis, ne pouvoit à raison d'vne grande infirmité, marcher, qu'avec deux potences, & encore bien mal-aisément. Il se voüa & alla à N. Dame de Lumieres ; où aprés avoir oüy la Messe, il commença à guerir, & laissa l'vne de ses potences.

CLaude Chauvet, du Village de Metarnis, estoit affligé d'vne décente de boyaux, depuis sa naissance: Il alla à N. Dame de Lumieres, il y fit sa priere, & fut entierement delivré, & guery de sa relaxation, dans le mesme mois.

AV mois de Ianvier de l'an 1664. Barthelemy Aufan, Mareschal de la Ville d'Apt, âgé de cinquante ans, se voüa à N. Dame de Lumieres : Il y alla

alla, & y fit fa priere , & en fuitte il
fut deliuré de fa defcente de boyaux:
de laquelle il eftoit fort affligé , &
tres incommodé depuis quinze ans,
dans l'exercice de fon métier qui re-
quiert vne entiere force, & parfaite
fanté. Il retourna pour ce fuiet dans
ce faint lieu le troifiefme de Feurier
fuiuant, porter fon brayer de fer, pour
memoire de la grace receuë : & il eft
depuis auffi fain & robufte , qu'il
étoit auant fa relaxation.

BERNARD Fauque de la ville de
Bonnieux, auoit les fiévres quar-
tes depuis le mois de Iuillet; il alla en
pelerinage à N. Dame de Lumieres:
& apres y auoir fait deuotement vne
neufvaine; il fut deliuré totalement
de fon infirmité, le 26. iour dudit
mois de Ianvier.

AV mefme mois. Iofeph de Ca-
danet. fils de Iaques , Gentil-
homme

homme de la Ville de Sallon , âgé
de quatre ans seulement, étoit trauail-
lé depuis sa naissance d'vne relaxation. Il fut voüé par sa mere à N. Dame de Lumieres : & en suite de ce
vœu parfaitement guery. Il vint
apres auec son frere, conduit par leur
mere dans la sainte Chapelle de
Goult , pour rendre graces à cette
grande bienfactrice.

Azare Fons du lieu de Gigondas ayant entendu raconter,
dans la Ville d'Avignon, les miracles
qui se faisoient dans ladite Chapelle
de Goult ; resolut de se porter sur le
lieu. En effet il y alla auec l'ayde de
deux potences , dont il se servoit
étant tres incommodé de ses iambes
depuis trois ans. Apres qu'il y eut
oüy la sainte Messe ; il ressentit (auec
vne extréme allegresse) la deliurance
de son mal. Il y laissa , pour témoignage de la grace receuë, ses deux potences ; il ne souffre aucune douleur
de son infirmité precedante , depuis
ce temps si fortuné pour luy.

Le

LE second de Fevrier de l'an 1654. iour de la Purification de N. Dame, François Ollier du mesme lieu de Gigondas, vint à Goult, pour rendre graces à la Mere de Dieu, de ce qu'étant tombé, le iour de S.André, au mois de Novembre precedent, d'vn haut olivier, & s'estant meurtry grievement le dos: en telle sorte que ceux qui l'avoient veu ainsi blessé, croyoient qu'il en mouroit. Il reclama N.Dame de Lumieres, & recent entiere guerison par ses intercessions.

DENYS Vincent de la ville de Sault, estoit relaxé des deux costez, droit & gauche : Il implora le secours de la Reyne du Ciel, & se transporta à Goult : Il y fit avec ferveur ses prieres, dans la miraculeuse Chapelle de Lumieres : & y recent la grace de la delivrance de son infirmité. Il declara cette faveur à Mr. de

C

la Pierre , tres-digne Vicaire dudit
lieu , les larmes aux yeux , & à pluſieurs autres perſonnes qui participe-
rent à ſa joye,& en rendirent graces
à Dieu,& à ſa ſainte Mere.

———————————————

LE vingt-ſixiéme du meſme mois
de Fevrier, Antoine des Ferres,
fils de noble Pierre-Antoine des Ferres , de la Paroiſſe de Goult , âgé de
huit ans,eſtant monté ſur vn cheval,
lequel marchoit impetueuſement,
tomba ſur le pavé en vn endroit fort
perilleux : Car par malheur,il y avoit
deux pierres pointuës dans le lieu de
ſa chûte : ſur leſquelles il donna de
la teſte avec la violence que vous
pouvez penſer, & demeura mort deſſus la place. Sa ſœur le voyant avec
effroy en ce piteux eſtat; fit vœu pour
luy auſſi-toſt à N.Dame de Lumieres,
& implora par ſes merites & ſuffrages,le ſecours du Ciel,pour ſon bien-
aymé frere. Et ô grace tout à fait con-
ſolante ! l'Enfant commença peu ap-
prês à reſpirer. Il vomit beaucoup de
ſang

fang fout pur, ce iour là, & le fuivant:
& fi-toft qu'il eut recouvert la parole;
il dit que noftre Dame de Lumieres
l'avoit remis en vie. C'eft ainfi que
Dieu fe plaift à couronner les Iuftes
& divins Eloges de fa tres-facrée Mere, par la bouche mefme, & les petits
organes des enfans.

MIRACLES

FAITS

A GOVLT,

Dans ladite Chapelle de nostre Dame de Lumieres, depuis que i'en eus pris possession pour la Reforme des Carmes de la Province de Provence, au mois d'Avril 1664. en qualité de Commissaire General.

E vingtiesme du mois d'Avril, Monsieur Louys Blanc, Bourgeois de la ville d'Avignon, s'en allant de Lumieres chez soy, fut preservé d'vn grand danger, en invoquant la Mere de Dieu qu'il venoit d'honorer, & visiter à Goult: Car

Car vn piſtolet s'eſtant ſubitement
crevé entre ſes mains , il n'en fut of-
fenſé en aucune façon. C'eſt pourquoy il retourna dans la Chapelle
miraculeuſe, rendre graces à la ſainte
Vierge. Ayant donné ſa depoſition
par eſcrit, laiſſé ſon piſtolet crevé, &
fait ſa devotion : Il ſigna cette faveur
receuë, & avec luy Mr. Meſſin Preſtre
Avignonnois, & Mr. Cournaire : & en
ſuite il ſe retira tout conſolé d'avoir
evité vne ſi grande diſgrace, par la
faveur de N. Dame de Lumieres.

LE 26. du meſme mois, Iean d'Ar-
bon, fils de Iean-Iacques, & d'I-
zabeau Arnoure , de la Tour d'Aigues, fut conduit en ſa ſeptieſme année à N. Dame de Lumieres. Il eſtoit
relaxé dés ſa naiſſance : & apres avoir
oüy la Meſſe en ce ſaint lieu , il fut
parfaitement guery de ſa deſcente de
boyaux. Cela ſe voit par la relation
qui en fut faite, avec la viſite à ſa ſor-
tie de la Chapelle miraculeuſe, ſignée
de ſon pere, de Mr. d'Hortigues iûge
du lieu, de M. de la Pierre , Vicaire &
Official , & autres teſmoins, dont les

C 3

ſignatures ſont dans les Regiſtres du Convent de N. Dame de Lumieres.

MAtthieu Rey, fils de Gabriel Rey, & de Ieanne Millane de Bedoin, eſtant relaxé, fut guery de ſa rupture, en meſme temps, & dans la meſme Chapelle de merveilles.

LE meſme iour, Ioſeph Catinor, fils de Guillaume, & d'Anne Maurelle, du village de Lagny, ayant vne deſcente de boyaux, fut guery en la quatrieſme année de ſon âge, aprés le vœu pieux de ſes parens, à N. Dame de Lumieres.

MArie Durand, fille de Benoiſt, & de Loüyſe Mourette, habitans à Caumont, eſtoit travaillée d'extremes douleurs, depuis long-temps : en ſorte qu'elle ne pouvoit ſe remuër en aucune façon : fut parfaitement guerie de cette paralyſie, le meſme iour 26. Avril 1664. par l'interceſſion de N. Dame de Lumieres.

Ioſeph

IOſeph Boniquer, fils de Pierre, & de Marie Victoire, habitans de la ville de Pertuis, eſtoit affligé d'vne relaxation. Il fut voüé à N. Dame de Lumieres, & au meſme moment, il fut deliuré de ſon infirmité. Son pere l'amena aprés, dans la ſainte Chapelle rendre graces à la Mere de Dieu, le meſme iour que deſſus, & la ſuſdite année.

LE premier iour de May 1664. Nicolas Vincent, de la ville de Sault, fils de Iacques & d'Anne Dromelle, âgé de 14. ans, eſtoit eſtropié dés l'âge de cinq ans. Il implora le ſecours de N. Dame de Lumieres : il s'y tranſporta, il y fut parfaitement guery, & receut dans la ſainte Chapelle de Goult, la faueur qu'il eſtoit venu s'y procurer, par les merites de l'Auguſte Marie, Mere de grace, & de miſericorde.

LE troiſieſme iour dudit mois, (qui eſtoit le Samedy, & celuy auquel l'Egliſe celebre la Feſte de l'Inven-

tion de la sainte Croix,) comme il y
eut à N. Dame de Lumieres, vn grand
nombre de Pelerins ; il pleut à Dieu
d'y operer quantité de miracles. En
effet il y eût tant de monde ce jour-
là ; qu'on estima qu'il y avoit plus de
vingt mille personnes venuës de diverses villes & villages, sur la renommée de cette devotion , & de tant de
miracles. Tellement que non seulement la plaine, qui est prés de la Chapelle miraculeuse : mais encore les
deux montagnes (de Roque Redonne,
qui est du costé du levant, à l'égard de
ladite Chapelle , & celle de Roque
Colombiere, qui est du costé du cou-
chant) estoient remplies & couvertes
d'hommes, de femmes & d'enfans,
tant de iour que de nuit.

Et ce qui est plus remarquable, &
digne de consideration ; on vit dessus
les deux Chapelles de N. Dame , & de
S. Michel, les Lumieres prodigieuses
& merveilleuses : qui ne peuvent estre
les effets de la nature, de l'art, ny du
demon : comme ie diray en son
lieu.

On

ON fit des Confeſſions admirables, & des ouvertures étonnantes de conſciences, leſquelles avoient eſté fermées, preſque des demy ſiecles : ſont des lumieres & des miracles ſi ſurprenans ; que les cœurs les plus diamantins en ſont amolis : mais qu'on ne peut, & qu'on ne doit pas dire, ſous peine d'anatheme. Cela à fait dire à beaucoup de clair-voyans Caſuites, & aux ſinceres penitens, que vrayement ce lieu eſtoit tout ſaint. Et la divine majeſté, voulant augmenter en cét endroit la devotion, le culte & les hommages des fideles, envers la ſacrée Vierge, y accorda beaucoup de graces interieures, & y fit le 3. & 4. de May, pluſieurs miracles exterieurs de ſa toute-puiſſance palpables, & viſibles.

En voicy vne partie de ceux, qu'on peut eſcrire, & faire ſigner dans la foule & la preſſe d'vn ſi grand peuple, & parmy les embaras d'vn concours ſi extraordinaire de Pelerins, & d'étrangers venus de divers lieux.

C 5.

IEan Paris, fils de Iean, âgé de dix
ans, avoit vne descente de boyaux,
qui le travailloit & affligeoit inces-
famment. Son pere le voüa, & mena
à Goult à N. Dame de Lumieres ; il y
receut vne entiere guerison, & il y
laissa son bandage, le 3. de May, pour
memoire de la delivrance de son infirmité : comme il apert par les escri-
tures authentiques, signées sur le lieu,
par des tesmoins irreprochables &
des-interessez.

LE mesme iour, Frere Antoine Iean
Hermite de S. Denys de Raillane,
qui estoit relaxé depuis plusieurs années, receut guerison de sa rupture
dans la sainte Chapelle.

LE bien-fait suivant, est vn des
miracles plus publiques, & vne
des merveilles plus notoires, qu'on
ayt veu en la sainte Chapelle de
Goult.

　Claude Meynaud, fille de Pierre
Meynaud, & d'Anne Giraude, demeu-
rans dans la ville de Noves, Diocese
d'A

d'Avignon ; estoit estropiée, infirme,
& affligée en diverses manieres. Car
elle estoit paralytique de tout le costé gauche, depuis son âge de sept ans:
Elle ne voyoit rien du tout de l'œil
gauche, & fort peu de l'œil droit : ses
pieds estoient hors de leur siege , &
situation ordinaire : elle ne marchoit
qu'avec deux potances, & iamais sans
vne personne qui la soûtint , outre
cét ayde , & elle ne pouvoit se servir
de ses bras ny de ses mains : veu mesme que pour manger, il falloit, ou
qu'elle prit avec sa bouche l'aliment
ordinaire, baissant sa teste & ses levres
sur le bord de la table, dé la chaire, ou
du banc, tout ainsi que les bestes, ou
que quelqu'vn luy donnât sa nourri-
ture avec la main : comme on fait aux
petits enfans du berceau , lors qu'on
leur donne la boullie.

Comme on ne parloit presque
d'autre chose dans la ville de Noves,
que des miracles que Dieu faisoit à
Goult , par l'invocation & intercession de N. Dame de Lumieres : & que
tant de personnes y alloient en procession, devotion & pelerinage : Cette
pau

pauvre, affligée, pitoyable & innocen-
te fille, âgée lors de treize ans, fut in-
spirée de s'y faire conduire. Elle pria
ses parens de l'y faire porter, & leur fit
pour ce sujet de si grandes & pressan-
tes instances, que leur amour & leur
pitié ne pûrent l'éconduire. Ils com-
muniquerent leur dessein à Mr. le Vicaire Ecclesiastique de probité con-
neuë, de vie sans tache & d'érudition
rare : Se resolurent sur son avis d'y
aller avec elle, & dans la compagnie
des Pelerins du lieu.

Ils partirent ensemble de Noves,
le 3. de May 1664. jour de l'Invention
de la sainte Croix ; & estans arrivez
le soir à la grande Begude de Goult,
chez Mr. Ianselme : Claude fut l'objet
de la compassion d'vne grande multitude de peuple, qui estoit dedans & à
l'entour de ce fameux logis. Le lendemain, qui estoit le dimanche, ayant
esté aportée dans la Chapelle miraculeuse de N. Dame de Lumieres : &
y ayant fait sa priere avec ses pere &
mere, animée d'vne ferme foy, resignation & confiance, dans le pouvoir,
la bonté & les merites de la tres-sain,

te

te Vierge ; elle fut le sujet tout à la
fois, de cinq ou six miracles surpre-
nans, manifestes, & signalez. Car elle
fut à même temps, & comme en vn
instant, entierement delivrée de toutes les susdites infirmitez.

Ie vous laisse à penser (cher Lecteur, & devot Pelerin) quelle consolation interieure elle eut en son
cœur, lors qu'elle se sentit touchée
dans l'ame d'vn mouvement de devotion, & dans le corps d'vne main bien-
faisante, qui la tiroit amoureusement
d'vn si grand nombre de miseres.
Qu'elle joye eurent ses parens, leurs
compatriotes, & tous les Assistans,
quand ils l'oüyrent s'écrier dans son
transport cordial, & insigne meta-
morphose ; Ah, sainte Vierge ! ah,
nôtre Dame de Lumieres. Ie suis
guerie, vous m'avez guerie !

Les potances sur desquelles elle
appuyoit ses épaules, & soûtenoit
avant sa guerison, son pitoyable
corps, comme sur des colomnes mouvantes, & mobiles, portantes, & por-
tatives, resterent dessors sur le lieu.
Elles furent relevées, & sont atta-

D

chées dans la Chapelle miraculeuse ;
Comme des bâtons triomphans ; &
des étandards victorieux de N. Dame
de Lumieres, sur les diverses infirmitez, & differentes maladies.

Or comme on couroit de toutes
parts au bruit de ces miracles si visi-
bles ; operez à la mesme heure, & en
faveur d'vne mesme personne : &
qu'on étouffoit dans la presse qui
étoit dans la sainte Chapelle, (laquelle étant rebâtie sur les vieux fondemens, ne contient en dedans que
deux Cannes de largeur, & six de
longueur, jusques au milieu du haut
du Presbitere) on en fit sortir ce trophée de l'Auguste MARIE. Alors
Claude remuoit ses pieds remis dans
l'état naturel ; elle se servoit de ses
mains, comme elle vouloit : voyoit
de ses deux yeux en perfection : &
marchoit comme si elle n'eut jamais
esté malade. *Quod vidimus testamur.*
Elle monta à la Chapelle de saint
Michel, où on n'avoit point encore
dit la Messe depuis plusieurs années,
(& où ie faisois seulement rebastir le
Presbytere, pour la benir par l'authorité

rité de l'Ordinaire, & y celebrer,
comme ie fis le iour de l'Apparition
de ce divin Archange, le 8. du mesme
mois de May de la susdite année:)
son pere & sa mere l'accompagnoiér,
suivis d'vne grande troupe de personnes, & pieux Pelerins.

Elle en revint saine & dispose: &
parce que l'avois pris, durant ce
temps, information, & que les miracles étoient évidens, notoires, & manifestes; je commençay le *Te Deum*,
qui fut chanté avec joye par plusieurs
Prestres seculiers, & Religieux de divers Ordres, tous ravis de cette vniverselle guerison. Cét hymne étant
finy; je dis les Oraisons de la sur-
adorable Trinité, de la sacrée Vierge,
& du glorieux S. Michel Primat de
tous les Esprits Angeliques, & fis
exhortation. Ce fut pour exciter les
Pelerins, à loüer Dieu de ses bien-
faits: à honorer la sainte Vierge, &
à representer à la guerie, qu'elle devoit estre toute sa vie vne fille de lumieres, & vraye servante de la Mere
de Dieu: en fuyant les tenebres des
vices, & en aymant les clartez des

D 2

vertus durant tout le cours de sa vie.

Apres que les parens de Claude eurent disné, salüé la sainte Vierge, & receu la benediction que ie leur donnay, avec consolation extréme, dedans le lieu miraculeux ; ils s'en retournerent à Noves avec la compagnie. Plusieurs des Pelerins arrivez à diverses heures devant Claude, son pere & sa mere (qu'on avoit arrestez en chemin à raison des graces si insignes) avoient déja publié dans la ville la guerison miraculeuse de cette fille affligée auparavant en diverses manieres.

On attendoit à Noves avec impatience de voir la verité de la nouvelle, & vn chacun deferant bien plus à ses propres yeux, qu'à ses oreilles ; desiroit à tout moment son retour, & son arrivée. Enfin lors que Claude, illustre objet & merveilleux sujet des bontez de l'Auguste Marie Mere de Dieu, fut renduë dans la ville ; & que tous les grands & les petits vouloient la voir ; & ne pouvoient sans de tresgrandes incómoditez, pour les vns, & les autres, entrer en la méme maison ;

il

il fallut trouver le fuivant expedient.

Monfieur le Vicaire de Noves, perfonne de probité cogneuë à tout le pays : & Monfieur de Merindau fça-vant gentil-homme du lieu , & pour lors premier Conful, ayant admiré ce precieux ouvrage de la facrée Mere de Dieu ; trouverent à propos de la mener par toutes les ruës, & endroits de la ville. Ils la conduifirent tous deux : & voulurent, qu'elle fut veuë dans cette parfaite guerifon, & entiere fanté, par tous les habitans, pour ex-horter vn chacun à glorifier Dieu, & honorer la fainte Vierge.

Mais ce n'eft pas là tout. O Dieu ! que vos conduites font admirables, & vos fecrets impenetrables ! Cette fille ne mange, ny ne boit quoy que ce foit, à Noves, douze jours confe-cutifs & entiers, apres fon retour, & fa parfaite, & merveilleufe guerifon; Cependant elle voit clairemét de l'œil gauche dont elle ne voyoit point du tout auparavãt; & de l'œil droit mieux qu'elle ne faifoit : Elle manie fes bras & fes mains comme elle veut, elle remuë fes pieds, & va où elle defire sans bequilles, sans guide, & sans difficulté : Elle a le teint vermeil, belle couleur, & le visage bon : Elle est forte, serviable à la maison, & elle se porte bien. O merveilles admirables du Tout-puissant ! ô faveurs signalées de Marie !

En suitte de cet état d'vne totale guerison, & d'entiere abstinence, Claude Meynaud beût, & mangea, & vint faire vne neuvaine à N. Dame de Lumieres avec sa bonne mere : pour luy rendre graces plus amplement, & luy demander la continuation de sa sauvegarde, & de sa protection. Et depuis ses pieux parens l'y ont encore accompagnée deux fois, & le iour de l'anniversaire de la grace receuë. O quelle obligation elle a de bien servir, & d'honorer toute sa vie la Vierge ! & quels motifs n'avons nous point d'avoir recours en nos besoins spirituels & corporels, à la Reyne du Ciel, à N. Dame de Lumieres !

VN abysme appelle vn autre abysme : & N. Dame de Lumieres fait suivre vn miracle merveilleux de

la

la fanté reftituée à Claude Meynaud,
par vn autre miracle de la vie renduë
à vn des Enfans de Monfieur de Merindau, que je viens de nommer. Il
conduifoit par les ruës, & les mai-
fons de Noves, avec Monfieur le Vicaire du lieu, cette nouvelle venuë
de N. Dame de Lumieres; & il paf-
foit proche de fa Maifon. On luy dit
alors que fon Enfant qui étoit malade, venoit de trépaffer: & tant il
étoit ravy du miracle admirable fait
en la perfonne de la fille de Mr. Meynaud, & affectionné à faire voir l'ouvrage de la Mere de Dieu; Il ne quitta point fa pieufe & volontaire occupation. Mais animé d'vne ferme foy,
& touché de confiance en la bonté,
& puiffance de la tres fainte Vierge;
Il dit feulement ces paroles: *Celle qui*
a guery cette fille, pourra bien reparer
cette perte. Et apres fon retour, fon
vœu, & la priere de Mademoifelle de
Merindau; Ils furent exaucez, &
leur Enfant recouvra la refpiration,
la vie, & la fanté. Cette merveille
fut encore fuivie d'vne autre. Ie les
décriray toutes deux avec les circon-

stances, lorsque j'auray les memoires
requifes amplement & plus exactes
que j'attens pour la gloire de Dieu,
& pour l'honneur de la tres facrée
Vierge.

CHARLES Chanfaud, fils de Mr
Iean Chanfaud de la Ville d'A-
vignon, ayant vne defcente de boyaux
dans fon âge de deux ans & huict
mois; fut entierement guery de fa
rupture dans la fainte Chapelle de
N. Dame de Lumieres le 4 May 1664.

IEAN François Roux âgé de trois
ans (fils de Pierre, & de Loüyfo
Bofe habitans d'Avignon) étoit relaxé depuis vingt mois. Ayant êfté
voüé, & mené dans la Chapelle de
nôtre Dame de Lumieres à Goult.
Il y fut totalement guery, au mois de
May de la fufdite année: ce qui fut
figné & arrefté par Monfieur Vau-
bert Archipreftre, Vinaud, Giraud,
& autres témoins dignes de foy.

AV même temps, Pierre Coulen
habitant d'Antragues étant relaxé

laxé des deux côtez, depuis trente &
trois ans; fit vœu à N. Dame de Lumieres, & immédiatement, apres
s'être voüé; il fut parfaitement guery
de sa double rupture. C'est pourquoy en reconnoissance de la grace
receüe par les puissans suffrages, &
les requestes efficaces de la Mere de
Dieu, qui luy auoient acquis vne
santé parfaite; Il donna vn tableau
qui represente le Miracle. L'Attestation est signée par plusieurs témoins
dans les Registres du lieu, où se font
tant de vœux, & où s'élargit vn si
grand nombre de faveurs admirables.

LE sixiéme du susdit mois, Iean
Marie Audifret, fils de Mr. Pierre
Audifret Advocat en la Cour, & de
Damoiselle Loüyse de Geffroy, resi-
dans dans la Ville de Manosque; fut
guery entierement en l'âge de vingt
mois & demy, le sixiéme de May
1664. d'vne descente de boyaux, au
temps & à l'heure qu'on disoit la
Messe dans la sainte Chapelle de nô-

tre Dame de Lumieres ; où il auoit
esté voüé, par la pieté de Messieurs
ses parens.

LE jour suivant Gaspard Girard
fils de Guillaume, & de Damoiselle Blanche de Sorelle, de la Ville
de Pertuis, Diocese d'Aix, étant relaxé dans son bas âge : (car il n'avoit
que vingt & deux mois,) fut voüé
& porté à N. Dame de Lumieres, il
receut guerison parfaite de sa relaxation dans la Chapelle miraculeuse
du terroir & Parroisse de Goult, à la
consolation singuliere de Messieurs
ses parens, & des devots Pelerins qui
se trouverent en ce saint lieu pour
lors.

O Dieu qu'il est bon d'avoir recours à la Mere de Dieu en ses
besoins, s'addresser à elle en ses ne-
cessitez, & visiter les lieux dans lesquels elle témoigne par ses bien-faits
vouloir estre honorée ! Philippe
Ventresque de la Ville de Beaucaire,
fille de Raymond, & de Loüyse Vi-
dale, âgée de treize ans, étant totalement

ment aveugle depuis trois mois ; se
fit mener à N. Dame de Lumieres,
par devotion envers la sacrée Vierge:
& elle y recouvra parfaitement la
veuë, le septiéme de May, de la susdite année.

IL y avoit trente ans entiers, que
Marc Sabatier de Mouléges au
Diocese d'Arlés, âgé de quarante &
sept ans, étoit travaillé d'vne descente de boyaux. Il apprit par les relations publiques & reiterées la multitude des miracles, que Dieu operoit
par l'invocation de la tres sainte Vierge, dans l'enclos de la Provence, &
dans l'Evéché de Cavaillon ; il s'y
transporta par devotion, fit ses prieres, & offrandes ; & fut entierement
guery le 15. jour de May de 1664.
presens Messieurs Messin, Chapelle,
& Ioannis Prestres, Rostan Chirurgien, & autres qui oüirent sa relation, & ont signé sa deposition à la
gloire de Dieu, & à l'honneur de sa
tres-sacrée Mere.

Le

LE même jour Ioseph Mouré fils
de Monsieur Antoine Mouré, &
de Damoiselle Ieanne Gaudiberte,
du lieu de Venasque, âgé de trois ans,
& relaxé depuis trente & trois mois,
étoit tres-incommodé & affligé depuis le troisiéme mois apres sa naiss-
sance, Mr. son Pere étoit par le conseil de ses amis, & Medecins, dans la
resolution, & sur le poinct de le faire
tailler ; Mais vn chacun apprehen-
dant avec sujet, le succez d'yne coupeure qui est tres perilleuse. Damoiselle Françoise Mouré sa parente, &
Marreine, le voüa à N. Dame de Lumieres, &, ô miracle, & prompt secours de la Mere de Dieu, il fut guery
au même téps. La relation & deposition en a été faite en conscience, avec
les formes ordinaires, & signée à la
sainte Chapelle par Mr. Mouré, Mrs
Messin, Ioannis, Chapelle, & Charasse Prestres, & par Messieurs Rostan Chirurgien, & Voulon Notaire Royal, & le Greffier de Goult.

Vn

VNE grande poutre étant tombée sur le bras de Pierre Conso-
lin de Ville-Neufve-lez-Avignon, on
ne pouvoit attendre qu'vn effet dangereux, & du moins vne totale impuissance de s'en servir. Il pria nôtre
Dame de Lumières d'avoir compassion de luy en ce piteux état, & de
luy donner assistance. Et ô miracle! il
se trouva totalement guery, ainsi
qu'il attesta, étant allé rendre son
vœu, & son action de graces dans la
sainte Chapelle le 15. de May de
1664.

LE seiziéme du méme mois, Pierre Pelossier, & Marie Gayette
son Epouse, habitans du Village de
Goult, ayans vn fils nommé François,
âgé seulement d'vn an & demy, fort
incommodé d'vne relaxation, Ils le
recommanderent fervemment à nôtre Dame de Lumières, & l'Enfant
reçeut immediatement aprés le vœu
fait, vne parfaite guerison.

E

LE jour fuivant dixfeptiéme de
May, Guillaume Seilan fils de
Pierre, & de Catherine Dumaſſe, habitans de Montéaux, avoit vne jambe rompuë, & ne pouvoit marcher
qu'avec l'ayde d'vne potence : dans
cette affliction & impuiſſance de cheminer & travailler, il ſe voüa à nôtre Dame de Lumieres, dés miracles
de laquelle tout le monde parloit:
& il fut parfaitement guery, ayant
obtenu de cette Mere de bonté, con-
ſolatrice des affligez, la grace qu'il
avoit demandée.

LE Reverend Pere Gabriel Giroin
Religievx Auguſtin du Convent
general d'Avignon, vint en pelerinage, & devotion à N. Dame de Lumieres, pour demander la delivrance
d'vne relaxation, dont il étoit incommodé, & receut, peu de jours aprés
ſon voyage, ſon ſacrifice, ſon vœu
& ſa priere, l'enterinement de ſa requeſte. Le 17. de May 1664. Il retourna viſiter la Chapelle miraculeuſe, où il laiſſa ſon bandage pour
marque

marque de sa guerison, & memoire
de la grace receüe; Il signa sa relation, & deposition, avec d'autres
témoins : comme on voit dans le
Livre des informations.

LE dix-huict du mesme mois, Iean
Pierre Imbert (fils de Pierre, &
de Marie Chauberre) du Village Dau-
reilles fut guery d'vne descente de
boyaux, de laquelle il avoit esté affligé deux mois apres sa naissance.

LE mesme jour Ioseph Massie de
Pelissane (fils d'Esprit, & de Marguerite Ionfrese) qui avoit vne rupture dés sa naissance, fût delivré de
certe infirmité, apres l'invocation
de N. Dame de Lumieres.

EN mesme temps, Anne Pelegrine
Dourelle estoit grandement affligée d'vne paralysie du costé droit.
Elle fut miraculeusement guerie,
aprés son vœu fait à N. Dame de Lumieres, & elle laissa sa potence pour
marque de la grace receüe.

E 2

LE dix-neufviéme du mesme mois Paschal Bounet du Village de Gravezon, aagé de 60. ans, ayant vne descente de boyaux depuis vingt ans, fit vœu à N. Dame de Lumieres. Il fut aussi-tost aprés parfaitement delivré de sa relaxation.

JEAN Achard fils du sieur André Achard, de la Ville de Pertuis, fut suffoqué le septiesme d'Avril 1664. par vn débordement de cerveau. Il fut laissé pour mort des Medecins, & Chirurgiens, sans aucun mouvement ny respiration. Son pere & sa mere firent vœu pour luy à N. Dame de Lumieres : & il respira, & recouvra dans peu de jours la parfaite santé. Le tableau, que ses parens & luy, apporterent à N. Dame de Lumieres, & au bas duquel est écrit bien au long ce miracle, en fait foy, avec les témoins qui sont signez dans le Registre de la sainte Chapelle.

Bovier

BOVIER Deydier (fils d'André de Tharascon, & de Claude Raynelle) étant affligé d'vne descente de boyaux, fut voüé par ses parens à N. Dame de Lumieres. En suitte de ce vœu, il fut porté par eux à Goult, dans la sainte Chapelle. Sa mere voulant prendre sur l'Autel de saint Ioachim, le flambeau qu'elle desiroit offrir, pour demander la guerison de son Enfant; aperçeut son bandage, tombé à ses pieds, puis ayant touché son fils dans l'endroit, où paroissoit son mal; elle trouva avec la consolation que vous pouvez penser, que ses boyaux s'étoient retirez par grace speciale : & qu'il avoit esté guery en ce saint lieu, au mesme temps qu'elle imploroit l'intercession de la Mere de Grace le 27. de May de 1664.

LE jour suivant, trois Enfans de Noël Rogues, & de Marguerite Gessiere habitans de Gordes, (sçavoir, Anne, Marie-Marguerite, & Ioseph) qui étoient tres affligez d'vn mal de teste; furent gueris en mesme temps,

apres le vœu que leurs pere & mere
firent pour eux à N. Dame de Lumieres.

GASpard Bertrand du lieu de
Graus, âgé de six ans, étant
relaxé dés sa naissance, fut voüé &
mené par son pere, Sauveur Bertrand,
à N. Dame de Lumieres. Il y receut
entiere guerison : & y laissa son bandage, pour témoignage de sa rupture,
& de la grace receuë dans ce saint
lieu, le 22. May de la susdite année.

LA méme faveur fut accordée, le
23. dudit mois, & de la méme année, à Esprit Mauric fils de Iean &
de Marguerite Stelle, habitans de la
ville de Manosque, dans l'âge de sept
ans. Car ayant vne descente de boyaux
dés sa naissance, ses parens le voüerent
& conduisirent à N. Dame de Lumieres, à Goult e où ayans fait leurs
devotions, & leurs offrandes, il fut
subitement & parfaitement guery de
sa relaxation dans la sainte Chapelle. Il y laissa son braguier, marque de
son infirmité passée, de sa santé presente

fente, & du bien fait de la Mere de
Dieu.

IEanne Marie Ianet, fille de Monfieur Claude Ianet, & de Damoifelle Marie Barberin, étant née morte,
à Sorgues : Monfieur fon pere s'affli-
geant extraordinairement de cét accident, alla chez Monfieur le Curé. Il
le pria d'aller voir cette petite crea-
ture decédée, devant que d'avoir receu
la grace par le S. Sacrement du Ba-
ptefme : Afin que fe confolant avec
luy, il fçeuft le *quid facto opus* : pour
ne pas contrevenir aux ordres de l'E-
glife, & pour ne pas divulguer cette
perte. Cependant la mere étant dans
la triftefle qu'on peut s'imaginer ; la
Sage-femme infpirée de Dieu dans fa
defolation, de n'avoir pû tirer ce fruit
en vie ; la voüa à N. Dame de Lumieres, dont les merveilles fe racon-
toient par tout inceffamment, avec
l'admiration & devotion vniverfelle.
Et ô miracle fignalé ! elle reffufcita
apres le vœu fait, par l'interceffion
de la tres-fainte Vierge : & fut agre-
gée folemnellement au nombre des

E 4

fideles, avec toutes les ceremonies de
nôtre Mere la sainte Eglise Catholique. Et pour certificat de cette verité,
Monsieur son pere, & les témoins ont
signé la relation le 25. de May 1664.
à N. Dame de Lumieres.

ANne Martine de Raillane, âgée
de trente & cinq ans, étant Paralytique depuis six ans entiers; reclama le secours de la Mere de Dieu;
& fit vœu d'aller à N. Dame de Lumieres, pour demander à Dieu par ses
merites la delivrance de son infirmité.
Elle s'y fit conduire, nonobstant ses
grandes incômoditez; & si tost qu'elle eut fait ses devotions, & ses prieres;
elle fut misericordieusement guerie de
sa paralysie dans la Chapelle miraculeuse. Elle laissa ses potances en presence de beaucoup de témoins, dont
partie signerent l'infirmité, la grace,
& la merveille.

LE 24. du même mois, Simonne
Naye femme de Iean Leydon de
la ville de Beaucaire, étant affligée
d'vne paralysie; se recommanda à la
tres

tres-sainte Vierge, & fit vœu d'aller
l'honorer, & prier à N. Dame de Lumieres, dans le terroir de Goult.
Estant arrivée sur le lieu, avec beaucoup de peine : & y faisant ses prieres,
à la Mere de grace, durant qu'on celebroit la Messe dans la sainte Chapelle,
elle ressentit de preignantes douleurs,
qui la forcerent de s'écrier ; & en
méme temps, ceux qui assistoient
avec elle au sacrifice, entendirent ses
os craquer, alors elle fut entierement
guerie par la grace de Dieu, & par
l'intercession de la glorieuse Vierge,
en presence d'vne grande multitude
de peuple, comme il appert par l'écrit
qui fut fait à l'heure méme, & signé
par le Iuge du lieu, & par des témoins
irreprochables, devant plusieurs personnes auriculaires & oculaires ; tant
de l'infirmité que du miracle, & de la
guerison.

L A tres-admirable & tres-aymable
Consolatrice des Affligez, ne se
contenta pas d'avoir guery la mere
de sa paralysie : mais multipliant ses
faveurs elle voulut encore, en veüe de

E 5

la foy, & des prieres des personnes
susnommées Iean Leyden & Simonne Naye ; rendre la santé à Iean leur
fils âgé de huit ans, & relaxé dés sa
naissance. Car apres l'execution du
vœu que ses parens avoient fait, pour
obtenir la delivrance de sa rupture
par les merites de l'Auguste Marie,
Il fut parfaitement guery le même
iour dans la Chapelle miraculeuse de
sa descente de boyaux : ce qui fut oüy,
& veu, au même temps, & signé par
Messieurs d'Hortigues, d'Astier, &
Gregoire.

CE même jour, Catherine Cha-
briere, femme de Iean Rigossy,
Poudrier de la même ville de Beaucaire (tant renommée par tout le
monde, pour sa curieuse, privilegiée,
riche, abondante, commode, & profi-
table Foire) éprouva au même lieu
de Goult, semblable faveur de la Mere
de Dieu, quoy qu'en diverse maladie.
Car étant grandement incommodée
depuis vn an & demy : en suite & à
raison d'vne cheute qu'elle avoit fait
d'vn Olivier, & depuis laquelle elle
ne

ne pouvoit remuër ny tourner le col
en aucune façon ; Elle fut parfaitement guerie durant la Meſſe qu'elle
entendoit dans ladite Chapelle.

CE même jour, Catherine Treſe-
liouze de Mazan, fille de Ioſeph,
& de Louyſe Martine, ayant perdu
totalement la veüe, & entendant par
le bruit commun & par la relation
des perſonnes pieuſes, la multitude
des miracles que Dieu operoit inceſ-
ſamment par l'invocation de la tres-
ſacrée Vierge, dans le terroir de Goult;
Elle fit vœu à N. Dame de Lumieres,
& fut entierement delivrée de ſon
aueuglement. Ce qui fut rapporté,
certifié, & ſigné le ſuſdit jour par
Meſſieurs Chapelle Preſtre, Iean Baptiſte Allou Eccleſiaſtique Pariſien,
& Pierre Rouſtan, à la veüe de beaucoup de perſonnes, & d'vn grand
nombre de Pelerins arrivez des Provinces de Provence, du Languedoc,
& Dauphiné, dans ce lieu de miracles.

Au

AV jour suivant 25. May, Iacques
Lanet fils de Gabriel, & d'Isa-
beau Raynaude, habitans de la ville
de Sallon, étant affligé depuis huit
mois, d'vne descente de boyaux, fut
voüé par ses parens à N. Dame de
Lumieres. Ils l'amenerent à Goult
dans la sainte Chapelle; il fut miraculeusement, & tout à fait guery de sa
relaxation; durant qu'ils entendoient
la sainte Messe, ce bien-fait visible
ayant consolé grand nombre de personnes, qui avoient veu l'infirmité,
& admirerent la guerison faite dans
vn moment.

IEan Miaüle, fils de feu Sieur Iacques Miaüle, & de Françoise Fan-
quiere, du lieu d'Haremont, âgé de
quatre ans, étoit relaxé depuis vn an.
Il fut voüé par sa mere à N. Dame de
Lumieres, où ayant esté conduit il
fut entierement guery de sa rupture,
dans la sainte Chapelle, durant qu'on
y disoit la Messe le 27. May 1664.
DA   Ce

CE mefme jour Frere Iean Antoine Rambaud Hermite, (natif
de Reveft des Brouffets) ayant efté
extraordinairement vexé, & griévement travaillé d'vne defcente de
boyaux depuis l'âge de cinquante &
cinq ans : jufques à la feptante &
cinquiéme année, entendant parler
de tant de guerifons miraculeufes faites au terroir de Goult, il refolut d'y
aller. Il fit fon vœu, il s'y tranfporta ; il y fit fes prieres avec fervente devotion ; & il y fut parfaitement
guery dans la Chapelle miraculeufe
de N. Dame de-Lumieres, de fon infirmité, & deliyré des maux d'vne
rupture qui l'avoit affligé l'efpace de
vingt ans. C'eft ce qu'il artefta les
larmes aux yeux de joye, & de devotion, & figna avec Monfieur d'Hortigues Iuge du lieu, & Antoine Croif-
fant.

AV vingt-huictiéme du fufdit
mois, Marguerite Oulon (fille
de Monfieur André Oulon & de Marie Diavet de la Ville de Sault) âgée

F

de sept ans, étoit tourmentée d'vne
relaxation, dez sa naissance. Elle fut
menée par Mademoiselle de Labadie
sa grande Mere, à N. Dame de Lumieres. Ayant fait leurs devotions,
& entendu la sainte Messe dans ce
lieu de merveilles ; l'infirme y reçeut
la grace entiere d'vne parfaite guéri-
son. Et Mademoiselle son Ayeule signa avec Messieurs Faulque, & Bou-
ne Foy dans le Registre. Le mal chas-
sé, & la santé donnée de Dieu en vn
instant, sans Chirurgiens, Operateurs, ny Medecins, aprés l'invocation de la tres-sainte Vierge.

ANTOINE Bruxdau de la Ville
de Tharascon (fils de Pierre, &
d'Esprite Legiere) avoit été deux ans
entiers dangereusement malade d'vne
pleurésie, il fut voüé par sa mere à
N. Dame de Lumieres, qu'elle pria de
delivrer son fils de ce peril par ses intercessions misericordieuses, & ses
suffrages efficaces. Tout aussi-tost
que le vœu fut formé, Il fut delivré
de son infirmité, dont on avoit sujet
d'apprehender la mort, ayant esté, &

longue

longue & violente. Il fut à Goult rendre graces à la Reyne des Anges des bien-faits receu de sa faveur, & soussigna luy mesme la verité, en presence & avec Messieurs d'Hortigues, d'Astier, & Gregoire le 31. May de 1664.

C E mesme jour l'affluence des Pelerins étant grande, la sainte Vierge se pleust d'employer son credit & pouvoir, auprés de Dieu pour soulager les affligez, dont elle est le refuge efficace, & la Consolatrice veritable.

D E vray Iean Lacanal de la Ville de Tharascon, étant beaucoup incommodé d'vne descente de boyaux, depuis huict ans, invoqua la sainte Vierge, la suppliant de l'assister de son pouvoir auprés de Dieu. Il promit & s'engagea par vœu d'aller l'honorer à N. Dame de Lumieres dans le terroir de Goult : Il y vint, il y fit sa priere, & il y fut entierement guery de sa relaxation.

CE mesme jour Balthazar Giraud, fils de Loüis, & de Magdeleine Crucine, de la Ville de Sallon étoit affligé d'vne rupture, ses parens le recommanderent à N. Dame de Lumieres, & il y fut tout à fait guery, en presence des témoins signez dãs le narré de la grace receuë. F. Iean Mari Giraud. G. Allemand. I. Allemand.

FRançoise Farelle de la Ville de Pernes âgée de trente & quatre ans, & relaxée depuis neuf ans, fit vœu d'aller en Pelerinage à N. Dame de Lumieres, l'ayãt accomply en personne; elle fut guerie miraculeusement de sa descente de boyaux dans la sainte Chapelle, le premier jour de Iuin de 1664.

CE mesme jour, Iacques Taussier, du lieu de Cucuron, âgé de cinquante & six ans, estant estropié depuis six mois, & alité tout ce temps, à raison de son infirmité; fit vœu à N. Dame de Lumieres. Il y vint, & immediatement aprés qu'il eut fait sa

priere

priere dans la sainte Chapelle ; il reçeut la grace qu'il demandoit, par les
merites de la Mere de Dieu.

IEan Berger (fils de Iean, & de Catherine Tourelle, de Moleges) âgé
de dix-sept ans, estant rompu dés sa
naissance ; se recommanda à la tres-
sainte Vierge N. Dame de Lumieres,
& fit vœu d'y venir implorer son secours. Estant arrivé dans le lieu des
miracles, & s'étant acquité des devoirs de fidelle Chrestien ; Il reçeut
vne guerison totale, & merveilleuse,
le second jour de Iuin. Ce qu'il attesta, certifia, & signa, avec les témoins qui se trouverent presens, &
écrivirent leurs noms dans les Registres.

LE jour suivant troisiéme dudit
mois, Gabriel Fournier (fils de
Paul, & de Ieanne Lounarde habitans de la Ville de Tharascon) âgé de
seize ans, estoit extraordinairement
affligé d'vne descente de boyaux dés
sa naissance. Ses parens prierent nôtre Dame de Lumieres de le delivrer

de cette infirmité par ses intercef-
sions, & firent vœu avec luy de venir la supplier dans le saint lieu, où
elle élargit abondamment ses graces.
La promesse accomplie, il fut entierement guery de sa relaxation, en la
Chapelle miraculeuse dans le terroir
de Goult. Et pour marque de sa guerison, il y laissa son bandage, avec
sentiment de pieté & de reconnoissance; & à la consolation de plusieurs,
qui se trouverent presens, & en par-
ticulier des témoins qui signerent la
merveille.

CE mesme jour, Ioachim Boudon,
(fils de Thomas, & de Françoise
Planchot, du Village de Bourbon,
Diocese d'Avignon) âgé de trois ans,
& relaxé depuis deux ans, estoit un
grand sujet d'affliction à ses parens,
craignans le peril de sa mort, s'ils le
faisoient tailler; Ils resolurent de rechercher des remedes surnaturels, &
de procurer sa guerison du Ciel, par
les suffrages de la Reyne des Anges.
C'est pourquoy ils firent vœu de la
venir honorer, hommager, & solli-
citer

citer dans sa Chapelle de Lumieres:
où l'Enfant fut miraculeusement guery en vn instant par puissance divine.
Le bandage, que son pere y laissa, y
sert de Trophée contre la maladie,
d'obligation à luy, & à son fils, d'estre
toûjours devots à la Mere de Dieu,
& de motif à ceux qui sçavent ce miracle, d'avoir recours en leurs besoins à cette source de prodiges.

PIerre de la Peyre, fils de Iean de
la Peyre, & de Loüyse Geofresse,
de la Parroisse & Village de Bonnieux, dans le Diocese d'Apt ; estoit
travaillé de plusieurs & diverses douleurs, & affligé d'vne goutte sciati-
que à la cuisse. Il pria nôtre Dame
de Lumieres de le delivrer de tant
d'infirmitez, & de luy vouloir rendre la santé : & il receut totale guerison, dont il vint rendre graces en
la sainte Chapelle le cinquiéme de
Iuin de la susdite année.

ANne Chaffarde du lieu de Bedaride, âgée de soixante ans, avoit
esté accablée d'vne incommodité &

fluxion generale sur toutes les parties
de son corps, durant l'espace de dix
ans, & ne pouvoit marcher qu'avec
deux potances. Lors qu'on publioit
tant de miracles qui se faisoient dans
la sainte Chapelle de Goult, où on
recevoit vn nombre sans nombre de
graces interieures, & de faveurs visi-
bles ; elle fut touchée de dévotion
sensible, & se recommanda avec ferveur à la Mere de Dieu. Cette Prin-
cesse de compassion, & Dame de clemence, ne laissa pas long-temps cette
pauvre affligée sans l'exaucer : Car la
nuit suivante, elle vit vne belle Lumiere dans sa chambre ; fut delivrée
de ses douleurs, depuis elle quitta
tout à fait ses potences. Cette faveur
signalée l'obligea de venir rendre ses
actions de graces dans la Chapelle
miraculeuse ; où elle laissa ses colomnes mobiles & mouvantes (qui
luy avoient servy dix ans) pour témoignage de la grace receuë ; & elle
donna avec vne pieté Chrestienne sa
declaration le sixiéme du mois de
Iuin 1664. en presence de Monsieur
de la Pierre, Vicaire de Goult, de F.
Gaspard

Gaspard Corrat, & Monsieur Allou,
dans ce lieu de merveilles.

CE même jour, Pierre Mayol de la
ville d'Apt, fils de Iean Mayol, &
d'Anne David, âgé de quatorze ans,
avoit vne tres-maligne, apostume
dans la prunelle d'vn œil, qu'elle luy
avoit fermé l'espace de deux ans Et il
étoit au iugemét des experts & mieux
sensez, dans le danger inévitable de
devenir aveugle. Sa mere appréhendât
vn si grand mal, se défiant des remedes humbins, pour vne partie qui est
si delicate, & se confiant dans la bonté puissante de la Reyne du Ciel, fit
y œil pour luy à N. Dame de Lumieres. Ce ne fut pas en vain, & sans vn
prompt secours : car lors que l'enfant
dormoit, son apostume se creva, & le
matin, il se trouva delivré du péril,
sans application de remedes ; & on
vit qu'il avoit recouvert admirablement l'vsage de sa veuë. Estant venu
avec sa mere rendre graces dans la
sainte Chapelle, & faire son offran-
cinq F 5

de ; il signa l'attestation de la grâce
receuë, avec trois témoins, en presence de plusieurs Pelerins.

IEan Baptiste de Tharascon, âgé de
trente & vn an, estoit estropié de-
depuis l'âge de quatre ans, & tellement incommodé, qu'il ne pouvoit
se remuer, ny faire vn pas, sans l'ayde, & le soûtien d'vne potence. Comme la renommée des miracles de nôtre Dame de Lumières volant par
tout, consoloit, & encourageoit les
fidelles d'implorer l'assistance de l'Auguste MARIE, Iean Laget de la Ville
de saint Remy, le conduisit lié & attaché sur vne beste à Goult, afin qu'il
accomplit son vœu. Il fit ses devotions, s'acquitta de ses promesses,
entendit la Messe dans la Chapelle
miraculeuse : & ô miracle ! ô Bonté
& pouvoir de la Mere de Dieu ! il fut
parfaitement guery à sa consolation,
& à l'admiration de tous les Assistans.
Il y laissa sa potence, pour marque
de la grace receuë, le septiéme de
Iuin de 1664 en presence des témoins
qui signerent le miracle.

Esprit

ESprit de la Pierre, fils de Ioseph, & d'Anne Michelle, habitans de Bonnieux, âgé ce trois ans, avoit au commencement du mois de May entierement perdu la veuë, & estoit affligé de surplus par d'autres infirmitez tres sensibles, incommodantes & perilleuses. Monsieur son pere, personne de probité & pieté, le recommanda à N. Dame de Lumieres, & aussi-tost qu'il eut fait le vœu pour son Enfant, celuy - cy recouvra la veuë, & fut delivré de ses autres infirmitez. Pour ce sujet les parens, & le pere vinrent avec le guery à la sainte Chapelle rendre graces de la faveur receüe par les suffrages, & après l'invocation de la Mere de Dieu. Et l'Enfant y offrit vn flambeau de cire blanche marque de son innocence, & témoignage de sa reconnoissance le 8. de Iuin. ————

LE mesme jour Louys Laugier, fils de Pierre & de Suzanne Fangue, de la Ville d'Ardes, âgé de six ans, estoit grandement travaillé d'vne

descente

defcente de boyaux depuis trois ans.
Sa mere confiderant la multitude des
guerifons miraculeufes qui fe faifoient dans le terroir & Parroiffe de
Goult, fit vœu pour luy à N. Dame
de Lumieres. Elle l'y amena, & aprés
avoir fait fes devotions en ce faint
lieu, il fe trouva entierement guery
de fa relaxation. Ce qu'attefterent
ceux qui fçavoient l'infirmité, & virent l'effet de la guerifon miraculeufe,
& qui fut certifié par ladite Suzanne,
en prefence de Monfieur d'Hortigues
Iuge, & des témoins qui fignerent
avec luy, dans la relation, fçavoir le
R. P. François de Salomon Docteur
en Theologie, Prieur de Beauvoir, &
premier Deffiniteur de la Province
des Carmes de Provence, le P. Dominique de faint Albert Procureur du
Convent de S. Hilaire, & Monfieur
Benoift, le méme jour 8. Iuin 1664.

MAtthieu Charreiron, fils de
Barthelemy, & de Michel
Tourrille, âgé de fept ans étoit relaxé
depuis quatre ans. Ses parens defirans
le faire delivrer de cette infirmité,

&

& craignans vne mauvaise issuë de la
coupeure, eurent dans leur affliction
recours à N. Dame de Lumieres. Ils le
menerent à Goult demander la faveur
de sa delivrance, d'vne si grande incommodité, à la Mere de Dieu ; &
comme ils furent dans la Chapelle
des miracles, il y receut entiere guerison de sa relaxation l'an 1664. le huitiéme de Iuin, auquel l'Eglise celebroit la feste de la tres-sainte & adorable Trinité. En presence de Monsieur Authier son Precepteur, de sadite mere, & de Ieanne Barille de
Beaucaire en Languedoc, qui attesterent l'infirmité, & signerent la guerison miraculeuse receuë dans la sainte
Chapelle.

LE jour suivant, Vincent Carma-
gne, fils de Gaspard, du lieu de Vachiere, dans le Diocese d'Apt, estant
travaillé d'vne descente de boyaux,
fut parfaitement guery de sa rupture,
dans la Chapelle de N. Dame de Lumieres, apres le vœu fait & accomply.
Messieurs Allon & Bremond, ayans
signé avec consolation sur le lieu.

G

cette faveur signalée, receuë par les intercessions bien-veüillantes de la Mere de Dieu.

CE méme jour, Claude Audibert de sainte Croix, Diocese d'Apt, fils de Sebastien, & de Ieanne Arnaud, âgé de quinze ans, étoit estropié des deux jambes depuis sa naissance. Il fut voüé à nôtre Dame de Lumieres, où estant venu pour accomplir son vœu, ayant fait ses prieres, demandé l'assistance de la Reyne des Anges, & entendu la Messe, il fut à l'admiration, & consolation d'vn grand nombre de Pelerins, subitement & miraculeusement guery. Les personnes dont voicy les noms virent evidemment, & signerent la merveille dont ils estoient les témoins oculaires, Messieurs le Prieur d'Oppede, I. Fauchier Vicaire de Vachiere, Bremond, Claude Audibert, & Iean Baptiste Allou.

NIcolas Augier de Monieux, Diocese de Carpentras, ayant esté suffoqué par la fumée de vin, dans vne grande cuve, en laquelle on avoit

mis

mis le raifin, & repofé le vin ; demeura mort cinq heures. Son maiftre,
attrifté de cét accident funefte, fit
vœu pour cet infortuné, à N. Dame
de Lumieres : & au méme temps la
facrée Vierge, veritable fecours des
Catholiques, eftant invoquée ; il receut la refpiration & la vie. Eftant
venu le jour fufdit 9. de Iuin 1664.
à la fainte Chapelle pour remercier
fa puiffante Bien-factrice, avec plufieurs perfonnes, & témoins ; ils firent
la relation entiere de la difgrace ca-
fuelle de fon trépas, & de fa refurre-
ction, en prefence de Meffieurs de
fainte Croix, Allou, Bremond, & de
plufieurs autres perfonnes qui fignerent ce rapport, & en rendirent graces à Dieu, & à la fainte Vierge.

L E jour fuivant, cette Mere vniverfelle, aymable, & admirable,
continuant fes faveurs, fit encore vn
coup tout extraordinaire. Car Ifabeau
Courtois, fille de Louys, & de Louyfe
d'Arnaud, de la ville de Sault, dans
l'Evéché de Carpentras, âgée de feize
ans, & tourmentée d'vne defcente

de boyaux, depuis environ dix ou douze ans ; entendant la sainte Messe dans la sainte Chapelle de N. Dame de Lumieres, fut guerie miraculeusement. Elle y fut affoiblie par de grandes sueurs, & y souffrit de cuisantes douleurs en tout son corps, qui la reduisoient à l'extremité durant toute vne Messe : & comme le Prestre faisoit les elevations, elle se trouva totalement delivrée de son mal, après avoir fervemment invoqué la Reyne des Lumieres. Et cette merveille signalée en plusieurs circonstances, fut signée à la même heure par Messieurs Guigou Prestre, de Cheminades, Peissy, Bremond & Paul Arnoux, qui se trouverent presens.

LE 14. du mesme mois Ioseph Revis, fils de Marc & de Lyonne Reviere du lieu de Caumont, âgé de cinq ans, estoit relaxé depuis dix-huict mois. Son pere & sa mere firent vœu de venir à N. Dame de Lumieres, pour demander à Dieu, par les intercessions de la tres-sacrée Vierge, la guerison de leur Enfant.

Ils

Ils l'y amenerent; & aussi-tost aprés
qu'ils eurent fait leurs prieres dans la
sainte Chapelle; son bandage tomba
comme ils sortoient, & il fut entierement guery.

IEan Lieutaud de saint Martin en
Terre-Neuve de l'Evéché de Glan-
deves, âgé de soixante ans, Pasteur,
demeurant à Arles, estoit estropié,
& avoit esté contraint par la force de
son infirmité de garder le lict l'espace
de trois mois, sans se pouvoir remuër
en aucune façon. Se considerant dans
ce piteux état; Il se recommanda à
nostre Dame de Lumieres, & aussi-
tost il commença à estre soulagé. S'é-
tant fait conduire à Goult dans le
lieu miraculeux; il y receut l'accomplissement d'vne parfaite guerison,
& y laissa ses potences, le 15. de Iuin
de la susdite année 1664. en presence
de plusieurs Pelerins, & à la consolation particuliere de cinq personnes
qui signerent la grace qu'il avoit receuë par l'invocation de la Mere de
Dieu.

IOseph du lieu de Mieulan, proche de Barcinonette en Savoye, du Diocese d'Embrun, âgé de trente & deux ans ; estoit affligé de beaucoup d'incommoditez, & souffroit de grandes douleurs en son corps, signamment depuis la plante des pieds jusqu'à la ceinture. Le bruit des miracles que Dieu operoit dans le terroir de Goult se dilatant de plus en plus ; Il resolut d'y aller demander la santé à Dieu par les merites de la Souveraine Dame des Anges, & des hommes. S'étant fait porter sur vne monture ; il y arriva avec beaucoup de peine, & pour s'acquitter dignement du vœu qu'il avoit fait ; Il commença vne Neuvaine dans la sainte Chapelle de N. Dame de Lumieres. La sacrée Vierge n'attendit pas la fin de sa devotion, pour le favoriser ; mais elle voulut le consoler dés le troisiéme jour, auquel ceux qui estoient proche de luy, durant qu'on disoit la Messe entendirent subitemét du bruit, & luy sentit ses os craquer, & se trouva guery miraculeusement, le mesme

jour

jour que deſſus. Ie vous laiſſe à penſer (chers Lecteurs) qu'elles ſenſibles
touches & mouvemens, interieurs de
pieté, il eut pour lors : & vous pouvez vous imaginer côbien de loüanges les fideles qui furent les témoins
oculaires & auriculaires, de l'infirmité, & de la gueriſon, donnerent à nôtre Dame de Lumieres.

LE jour ſuivant, Iean Iayce du lieu
de Ygaliere, dans le Dioceſe d'A-
vignon, eſtant dans la ſainte Chapelle, dit & aſſeura, qu'il y eſtoit venu
pour rendre graces à la Mere de Dieu,
de ce qu'aprés l'avoir invoquée, &
fait vœu de venir à Goult ; il avoit
eſté guery des douleurs qui travailloient ſes jambes, & l'affligeoient
beaucoup.

OLivier Teſtaniere, du lieu du Re-
veſt du Bion, dans l'Eveſché de
Ciſteron, âgé de cinquante & deux
ans, avoit l'œil droit fermé ; Il eſtoit
tout enflé, & ne pouvoit preſque
marcher ; à raiſon des douleurs deſ-
quelles il eſtoit travaillé dans toutes

les parties de son Corps. Il eust recours à N. Dame de Lumieres : Il fit vœu d'y venir : & s'étant fait porter dans ce saint Lieu, Il y pria cette Mere de Grace : il s'y Confessa, & y receut la sainte Communion. Et en suitte de la Messe qu'il avoit oüye dans la Chapelle des Miracles, il recouvra entierement la veüe, & la parfaite santé de tous ses membres. Au mesme temps il en donna declaration publique, le 17. de Iuin de 1664. en presence de Messieurs de la Pierre, Vicaire de Goult, d'Hortigues Iuge, Paul Arnoux, & I. B. Bremond qui signerent sa deposition.

V Alentin Quintran, de la Ville de Lambesc, ayant vne Apostume dans son corps qui luy causoit des douleurs étranges, demeura vingt & quatre jours sans dormir, & fut sans esperance de guerison, abandonné des Medecins, & Chirurgiens. Il fit vœu à N. Dame de Lumieres dans sa derniere extremité, & la supplia de le secourir dans ce delaissement, & impuissance des remedes humains, &

à la mesme heure, il ressentit qu'il
estoit soulagé, & peu de jours aprés
il fut entierement guery. Il vint rendre son vœu personnellement à
Goult, & fit sa declaration, selon les
formes en presence de Monsieur le
Iuge, & de Messieurs de sainte Croix,
Messin, & Croissant qui la signerent,
avec plusieurs autres, qui en rendirent graces à Dieu, & à la sainte Vierge, le mesme jour que dessus.

Esprit Bonnaud de la Ville d'Apt,
estant tombé dans vne Apople-
xie à l'âge de deux ans, demeura mort
sans aucun respir, ny mouvement.
Son pere, Sauveur Bonnaud, affligé
d'vn tel accident, le voüa à nôtre
Dame de Lumieres, & à mesme instant qu'il eut fait le vœu, l'Enfant
respira, & recouvra vne santé parfaite. C'est ce que ledit pere declara
le quatriéme de Iuillet de la susdite
année, en presence de Messieurs Messin, Chapelle & Grets, Prestres, &
les autres témoins qui signerent à la
sainte Chapelle sa deposition.

G 5

Michel Ioubert du Village d'O-pede, éroit extremement incómodé d'vne grãde de fluxion, & abondance d'eaux qui luy descendoient sur le cœur, & l'avoient si fort affoibly qu'il demeura mort, sans chaleur, & sans respiration. Il estoit de plus travaillé d'vne grãde infirmité des yeux, & avoit passé trois Semaines entieres sans voir, à raison d'vne grosse tache. Il se recommanda au refuge des affligez, à la Mere de Dieu, & fit vœu à N. Dame de Lumieres. Trois jours aprés il recouvra vne entiere & parfaite santé, & le cinquiéme de Iuillet il écrivit & signa de sa main la double infirmité, & les deux faveurs de l'Auguste MARIE, avec des témoins, y estant venu pour rendre action de grace.

Honorat Renoux natif de Lauris, habitant à Simiane, avoit esté tourmenté & vexé l'espace de deux années entieres d'vne foiblesse, & infirmité de jambes, en telle maniere qu'il ne pouvoit marcher la plus

grande

grande partie du temps, qu'avec des
douleurs excessives. Il jetta les yeux
de son esprit au Ciel, implorant l'assistance
de N. Dame de Lumieres, &
s'étant fait conduire dans la Chapelle
miraculeuse ; il y receut le jour de
la Pentecoste vne entiere & parfaite
santé, aprés s'estre approché des Sacremens
de la Penitence, & de l'Eucharistie ;
le cinquiéme de Iuillet de
1664.

MArguerite Marchand, fille de
Sebastien Marchand, du lieu
d'Eyragnes, fut tourmentée & affligée
d'vn feu dans tout son corps, durant
l'Espace de deux ans : de sorte qu'elle
ne pouvoit agir, ny faire quoy que
ce fust en aucune façon. Elle invoqua
N. Dame de Lumieres, & y estant
venuë le sixiéme de Iuillet de la susdite
année ; elle y receut grace, &
fut tout à fait delivrée de ce mal miraculeusement.

LE 14. du mesme mois, Barthelemy
Duret de Noves, estant affligé
de voir son fils Antoine âgé de
sept

sept ans ou environ, travaillé continuellement d'vne relaxation depuis
sa naissance ; fit vœu pour luy, à nôtre
Dame de Lumieres. Il le mena à Goult
dans la Chapelle miraculeuse : le fils
y receut parfaite guerison ; & le pere
y laissa le bandage de son enfant , &
signa la grace qu'ils avoient respecti-
vement demandée & receuë , aprés
l'invocation de la Reyne des Anges.

A Vgustin Roux, Verrier de vaca-
tion, âgé de soixante ans, marié
à Cavaillon, & habitant de la méme
ville, avoit vne descente de boyaux,
de laquelle il estoit griévement vexé
& travaillé depuis quinze ou seize
ans. Il se recommanda à la puissante
bonté de la Mere de misericorde ; &
fit dire vne Messe à N. Dame de Lumieres. Et en suite il se trouva tout
à fait delivré du mal de sa rupture, &
laissa son brayer dans la sainte Chapelle, le 14. de Iuillet 1664. en presence de bon nombre de témoins, qui
en rendirent avec luy graces à la
Mere de Dieu.

Le

LE 25. d'Aouſt de la méme année,
vne perſonne qui a ſigné de ſa
propre main dans le Regiſtre, avec
deux témoins irreprochables : declara & atteſta comme eſtant dans le beſoin & indigence extrême, faute d'a-
voir employ ; il demanda ſecours &
aſſiſtance à N. Dame de Lumieres,
dans ſon vrgente neceſſité : & qu'étant
allé à Goult en la ſainte Chapelle, le
mois de May de la ſuſdite année ; il
fût recherché, & trouva ce dont il
avoit beſoin pour ſe tirer de preſſe, &
ſortir de miſere.

HElene Audiguiere, habitante de
Château-neuf du Mont ſaint
Giraud, dans l'Eveſché de Cavaillon,
âgée d'environ cinquante ans, ayant
eſté affligée d'vn flux de ſang durant
l'eſpace de ſept ans ; aprés avoir
éprouvé, & experimenté tous les remedes humains inutilement & ſans
aucun effet ; eut recours à N. Dame
de Lumieres. Elle entendoit inceſſam-
ment parler des miracles que Dieu
faiſoit par ſes interceſſions ; elle avoit

H.

vne de ſes Images en ſa maiſon : & l'ayant reclamée avec devotion ; elle fut entierement deliurée de ſon infirmité au commencement du mois d'Avril 1664. Pour rendre graces à cette Reyne du Ciel, elle vint viſiter ſa Chapelle miraculeuſe à Goult, ſelon l'obligation du vœu qu'elle avoit fait ; & declara la faveur merveilleuſe qu'elle avoit receu par ſes merites, en preſence de beaucoup de perſonnes, comme témoigne le Regiſtre ſigné par les témoins, le 19 du mois de Iuillet de la ſuſdite année.

IEan François Achard de l'Iſle, fils d'Antoine Achard, & de Françoiſe Boüyere, ayant eſté trouvé mort dans ſon berçeau ; ſes parens deſolez de ce triſte accident, eurent recours au Ciel, & implorerent le ſecours de N. Dame de Lumieres. Et tout auſſitoſt que leur vœu fut fait, il recouvra la reſpiration & le mouvement, la vie & la ſanté, le Dimanche dans l'Octave de l'admirable Aſcenſion, l'an 1664.

Le

LE 22. jour de Iuin de la méme année, Anne Meinagiere d'Aix,
femme de Michel Lambert, Hoste de
ladite ville, étoit tourmentée de grandes douleurs aux reins depuis six ans.
Son mal s'augmentant de plus en plus,
elle devint si incommodée qu'elle fut
contrainte de garder le lict quatre
mois entiers, sans se pouvoir remuër.
Comme elle ne trouvoit aucun soulagement par l'application des remedes humains ; elle demanda à Dieu
la delivrance de ses infirmitez, par les
merites de N. Dame de Lumieres : &
elle fut à la méme heure grandement
soulagée. Estant venuë dans la Chapelle miraculeuse à Goult, elle y presenta vn Tableau, & y receut vn surcroist de grace, & la confirmation de
sa santé si parfaite, qu'elle marche
sans difficulté & sans aucune peine :
comme elle l'a declaré elle-méme en
presence des témoins qui ont signé
dans le Registre.

H 2

ANtoinette Limozine , femme de Sire Iean Vilion , du lieu de Metanis, dans le Comtat d'Avignon, estoit atteinte de maladie phtizique l'an 1664. Aprés l'application de tous les remedes convenables , vn chacun ayant perdu toutes les esperances de sa guerison ; elle supplia la sainte Vierge de la toucher benignement de ses mains bien-faisantes. Elle fit vœu de la venir honorer à Goult dans sa sainte Chapelle : elle s'y fit conduire, & y ayant fait ses devotions & ses prieres, avec l'accomplissement du vœu qu'elle avoit fait ; elle fut totalement guerie dans le lieu de miracles, & parfaitement delivrée de son infirmité. Elle en rendit graces à celle que la sainte Eglise appelle *le Salut des infirmes:* & attesta la faveur receuë, comme aussi Monsieur de Salsis Chirurgien, natif de Venasque, qui écrivit de sa main , & signa toute la relation, le 20. Iuillet de la susdite année.

Iean

IEan Amayenc de Bignois, habitant de la ville d'Arles, fils de feu Gaspard Amayenc, & de Catherine Aubert, avoit tout son corps couvert de playes & d'vlceres, & demeura sept mois entiers & consecutifs, dans ce piteux état, avec les incommoditez qu'vn chacun se peut imaginer. Les remedes de l'Art des Chirurgiens, & la science des Medecins, ne le pouvans soulager,& bien moins le guerir; comme on le vit tout ce temps-là par experience; Il fit vœu à N. Dame de Lumieres, ses playes se fermerent, ses vlceres disparurent,&il fut tout à fait guery par les puissans suffrages de la Mere de grace.Il le declara étant venu rendre son vœu à Goult dans la sainte Chapelle, le 24. de Iuillet de 1664, en presence de témoins, & de Monsieur Charasse Prestre, Predicateur,& Secondaire du village & Paroisse de Goult, qui signa la declaration.

LE 26. jour du même mois, Catherine Comendatrice estant venuë à N. Dame de Lumieres, declara & at-

testa qu'ayant eu vne main paralytique durant l'espace d'vn an, elle avoit
promis par vœu de venir dans ce
saint lieu : avoit imploré le secours
de la Mere de Dieu, & qu'elle avoit
esté en suitte guerie, dont elle rendoit
graces à Dieu, & à la sainte Vierge.

Estienne Chastan de Vaurias, Car-
deur, aagé de 68. ans, ayant esté
affligé d'vne descente de boyaux durant l'espace de trente ans : & ayant
entendu raconter les guerisons miraculeuses que recevoient à Goult les
personnes qui estoient relaxées ; Il fit
vœu de faire le Pelerinage, & de venir
demander la delivrance de son mal
à N. Dame de Lumieres. Il y vint, &
aprés avoir oüy la sainte Messe, il y
recouvra la santé, & y receut parfaite
guerison le 27. du mois susdit, & de la
même année.

Michel Moran, du lieu des Tou-
rettes, dans le Diocese d'Apt,
âgé de soixante ans, montant à cheval
tomba sur vne muraille, & se rompit
vne coste : il implora le secours,

&c

& demanda l'affiftance de N. Dame de Lumieres, fit vœu d'y venir faire fes devotions, & receut parfaite guerifon par les interceffions de la tres-fainte Vierge, le 5. jour d'Aouft 1664.

MAgdelaine Iouffret, du lieu de Bonnieux âgée de 47. ans, avoit efté hydropique durant l'efpace d'environ quatre ans. Elle fupplia nôtre Dame de Lumieres de l'affifter de fon pouvoir auprés de Dieu, & de la vouloir delivrer par fes fuffrages de fon infirmité. Cette Mere de mifericorde eut compaffion de fa Servante, & enterina auffi-toft fa Requefte ; car il fe fit, comme en vn inftant, fenfiblement vne petite ouverture en fon ventre, d'où il fortit environ vn demy-baral d'eau, à l'iffuë de laquelle elle fe trouva incontinent, & miraculeufement guerie de fon hydropifie, & remife en parfaite fanté. Elle vint pour ce fujet à Goult, le 5. d'Aouft de 1664. rendre fon vœu, & accomplir fes promeffes dans la fainte Chapelle: où pour ce fujet elle donna vn tableau en action de graces.

H 4

Ichel Achard, du cartier de ſaint Martin de Dernegas, âgé d'enviton 65. ans, étoit travaillé & incommodé d'vne deſcente de boyaux depuis vingt & cinq ans. Il fit vœu à N. Dame de Lumieres, & fut pat faitement guery de ſa relaxation, comme il declara, & certifia le 4. d'Aouſt de l'année ſus écrite, en preſence de pluſieurs Pelerins, & perſonnes de Goult.

Sprit Arnaud, Preſtre de la ville de Pertuis, eſtant travaillé griévement d'vne rupture, depuis quinze ans ou environ; implora le ſecours de N. Dame de Lumieres. Il receut vne entiere guerison, & laiſſa vn bandage le 20. Aouſt de 1664. dans la Chapelle miraculeuſe à Goult, où il écrivit, & ſigna de ſa propre main, ſon infirmité paſsée, la grace preſente, & l'obligation d'eſtre toûjours à l'avenir de plus en plus devot & affectionné au culte de l'Auguſte MARIE.

Marguerite

MArguerite Sage, de la ville de
Beaucaire, estoit travaillée de
diverses douleurs depuis trois ans, en
telle façon qu'elle ne pouvoit aucunement marcher, que par le moyen
d'vne potence, dont elle se servoit
pour se lever, pour se remuër & pour
cheminer. Elle fut conduite à nostre
Dame de Lumieres à Goult, pour y
demander sa guerison par les merites
& suffrages de la Reyne des Anges.
Aprés y avoir commencé ses prieres,
& ses dévotions, elle alla à la sainte
Communion, sans aucun appuy, &
se trouvant guerie laissa sa potence
dans la sainte Chapelle, en presence
de plusieurs Pelerins, & de Pierre
Coutat, & de Sage, son frere qui signerent la faveur qu'elle estoit venuë
y demander, & y avoit receuë.

DAmoiselle Marie Lucante, de la
ville du saint Esprit, avoit eu
depuis environ quatre ans, son bras
droit rompu par trois diverses fois,
& elle estoit tellement incommodée,
qu'elle ne s'en pouvoit ayder, que

H 5

pour des choses tres-legeres, & encore avec bien des douleurs. Comme
la relation publique, & le bruit commun des graces & guerisons qui se faisoient en la Chapelle de N. Dame de
Lumieres ; dans la Seigneurie de
Goult, se dilatoit continuellement;
elle implora le secours de cette Mere
de la misericorde. Et son vœu ne fut
pas sans effet : car il fut exaucé, &
elle fut parfaitement guerie. Grace,
que l'experience fit voir publique-
ment & visiblement, & qu'elle mesme
signa dans le Registre des Miracles,
avec Messieurs Sage, & Goutar, à la
gloire de Dieu, à l'honneur de la
Vierge, & à la consolation de beaucoup de personnes.

Dieu voulant augmenter de plus
en plus le culte de celle qu'il a
establi Mediatrice entre luy & les
hommes, daigna continuer les merveilles de sa Toute-puissance dans ladite Chapelle ; ce qui contribua extremement à l'accroissement de la devotion des fidelles, & à la multipli-
cation du saint Pelerinage : Et ceux
qui

qui avoient esté témoins des deux miracles precedens, signerent encore
le suivant.

Magdelaine Baupe, femme d'Antoine Barçons, de la ville du S. Esprit,
étant de retour de la Foire de la Magdelaine, trouva son petit Enfant Iacques, âgé de quinze mois, tellement
incommodé d'vne jambe qu'il en
avoit perdu entierement l'vsage, &
le sentiment. Elle implora le secours,
de nostre Dame de Lumieres, & au
mesme temps, il fut soulagé, & en
suitte il receut peu à peu vne entiere
& parfaite guerison. Sa deposition
fut signée à nôtre Dame de Lumieres par les mesmes qui ont signé le
precedent miracle,

IAcques Nadal, fils d'Antoine, natif de Malvos, âgé de 15 ans, demeurant à Ayvan, avoit vne descente
de boyaux, de laquelle il estoit affligé depuis vingt ans. Il supplia nôtre Dame de Lumieres de le daigner
ayder de son secours en cette infirmité, & fit vœu de venir luy rendre
hommage & l'honorer dans sa Chapelle

pelle miraculeuse du village de Goult, s'étant anquitté de sa promesse & y étant venu; Il fut parfaitement guery durant qu'il entendoit la sainte Messe, dans ce lieu d'Election , & de benedictions , le 13. de Septembre de 1664.

LE 28. du mesme mois Ieanne Gareine , du lieu de sainte Croix du Diocese d'Apt , femme de Gaspard Escorier , declara en presence de Mr. Trobaty Prestre , & de Mr. le Chevalier de Relhanette , à N. Dame de Lumieres que Marie Magdeleine Escotier âgée d'vn an , avoit esté guerie par les merites de la glorieuse Vierge, d'vne rupture, dont elle estoit affligée depuis le mois de May.

LEs mesmes declarerent, & signerent aussi, dans le Registre de la Chapelle miraculeuse de Goult, l'an & jour que dessus , que Madame Antoinette de Peyne, Dame de Rellanette âgée de 63. ans , ayant vn flux de ventre, & estant incommodée d'vne relaxation ; fut abandonnée des Medecins.

Medecins comme incurable. Et que
defefperant pour cét effet des remedes naturels, & artificiels; elle fit vœu,
& demanda fecours à N. Dame de
Lumieres, laquelle ayant invoquée,
elle fut entierement delivrée de fes
deux maladies par vn double miracle. Elle offrit en reconnoiffance, &
en action de graces, vne lampe d'argent du poids de quinze écus blancs,
laquelle eft fufpenduë dans la fainte
Chapelle.

AGathe Brun, fille d'André & de
Ieanne Sauze, native de Baca-
maure, âgé d'environ 20. ans, tirant
de l'eau d'vn puy de trois pans de
large, & de cinq cannes de profon-
deur, tomba dedans la tefte la premiere. Dans cét accident fubit elle
reclama N. Dame de Lumieres, & elle
fe trouva avoir la tefte en haut, lors
qu'on l'en tira fans aucune bleffure,
meurtriffeure, ny incommodité. Elle
donna cette declaration à Goult dans
la Chapelle miraculeufe, & la
figna de fa propre main, avec Meffieurs le Chevalier de Goult, Rou-

I

stan , & Granier , le 15. de Septembre de 1664.

IEanne Nouvete, fille de George, & de Catherine Chabert , âgée de 40. ans, travaillant aux moissons durant les plus ardentes chaleurs de l'Eté ; le Soleil luy échauffa le cerveau, & luy brûla la teste. Elle demeura morte dix-neuf heures : en telle sorte qu'elle ne ressentit aucuns remedes, ny douleurs ; quoy qu'on luy eut appliqué , & le fer, & le feu. Mais, ô merveille ! Comme on ne pensoit à autre chose qu'à l'ensevelir , & enterrer ; elle se leva subitement. Et à l'étonnement des personnes , qui étoient pour lors presentes , elle se mit à marcher , sans difficulté, sans peine, sans mal , & sans douleur. On luy demanda , où elle alloit ainsi : & elle répondit qu'elle alloit à N. Dame de Lumieres , sans dire aucune parole. Ayant reconnu que c'étoit par l'intercession de N. Dame de Lumieres qu'elle avoit recouvert la vie, & la santé ; elle vint dans la sainte Chapelle à Goult , le cinquiéme jour d'Octobre

d'Octobre de 1664. rendre les actions
de graces à la Mere de Dieu. Ce qu'elle fit en prefence de Loüis Nicolas
du lieu fufdit de Barbantane, & de
plufieurs autres témoins auriculaires
& oculaires tant du miracle, que de
la relation.

LE jour fuivant, le fixiéme d'O-
ctobre Nicolas Blanc de la ville
d'Avignon, depofa qu'ayant eu vn
doigt griévement offencé par vne pi-
queure d'Epingle ; & qu'ayant ne-
gligé ce mal vn mois & demy ; la gan-
gréne s'y mit. Ce mal dangereux, fit
que les Chirurgiens refolurent de
luy couper le doigt, de peur que la
gangrene ne fe dilataft dans la main,
& dans le bras, & en fuite ne fe rendit mortelle. Mais il fe voüa à noftre
Dame de Lumieres, & fut entierement guery fans fouffrir la douleur
de la coupeure, & fans perdre fon
doigt eftant venu à Goult dans la
fainte Chapelle, il donna fa declaration, & la figna dans le Regiftre,
avec d'autres témoins.

I 2

LE dix-neufviéme d'Aoust Marguerite Archias, fille de Claude & de Marie Brune, Espouse de François Reyne de la ville d'Apt, entra en travail d'Enfant, & fut deux jours griévement malade. Son fruit jetta vn bras dehors, & demeura en cét estat vingt & quatre heures sans qu'on la peut soulager en aucune façon, ny delivrer de son Enfant. Elle implora dans cette affliction extrême le prompt secours de N. Dame de Lumieres, & fit vœu de venir à la Chapelle miraculeuse. Et aussi-tost, ô merveille! tous les remedes humains ayant esté inutiles jusques alors, elle fut déchargée sans peine, & son fruit fut tiré avec facilité. Estant venuë rendre graces à la Mére de Dieu, & s'acquiter du vœu qu'elle avoit fait, elle donna sa deposition, qui fut signée d'elle, de son mary, & de son frere, au livre des Miracles, le 10. d'Octobre de la susdite année.

Anne

ANne de Mondesir, fille de Mr. de Mondesir, & de Lyóne de Ville-mus, de Lambesc, âgée de treize mois, ayant esté attaquée de plusieurs accidens d'Epilepsie, & gouttette, fut abandonnée des Medecins & Chirurgiens qui la croyoient morte, & que si par hazard elle en revenoit elle seroit estropiée toute sa vie indubitablement, tant des bras, que des jambes. Ses parens desesperants des remedes de la nature, de l'art & de la science humaine; firent vœu pour leur bien-aymée fille, & promirent de porter à Goult dans la Chapelle miraculeuse vne Image d'argent. Le Ciel exauça leur priere, & elle fut delivrée de ses infirmités le 19. du mois d'Aoust de 1664. qui fut celuy de leur vœu. Ils firent faire vne Image d'argent en relief, du poids d'vn marc & demy, & du prix de deux pistolles; Laquelle ils vinrent presenter à la Mere de Dieu, dans sa sainte Chapelle, le vingt-cinquiéme du mois d'Octobre de la susdite année.

PIerre Monet de la ville de Mener-be , ayant esté travaillé & affligé durant deux mois de grandes dou-leurs aux jambes & aux cuisses ; en telle façon qu'il ne pouvoit ny mar-cher, ny s'agenoüiller ; implora le secours de N. Dame de Lumieres. Il fut parfaitement guery,& vint rendre son vœu, le 31.du mois de Decembre de 1664.

LE 7.d'Octobre & la méme année, Iean Belon, âgé de cinq ans, tom-ba à Cucuron de la Ruë, au fonds de la cave : & donna de la teste sur la cuve qui reçoit les raisins,& en suitte sur vne grosse pierre. On le retira comme mort,croyant que c'estoit fait de luy : Alors Monsieur Belon Do-cteur en Medecine son pere,Marquize Roviére sa mere , & autres parens, reclamerent N. Dame de Lumieres, Mere du Souverain & infaillible Me-decin ; & au méme temps , il receut parfaite guerison.

Son frere aisné qui étoit travaillé d'vne descente de boyaux, ayant invoqué

voqué cette Reyne du Ciel, fut auffi delivré de fon infirmité. Ils vinrent tous deux enfemble à Goult, rendre leurs actions de graces de ce double miracle dans la fainte Chapelle à Dieu, & à la facrée Vierge : conduits par Monfieur Belon Preftre, & leur Oncle paternel, qui figna les merveilles avec l'aifné, & les écrivit de fa propre main au long dans le Regiftre, le 7. Novembre de la fufdite année.

LE 6. de Decembre fuivant, illuftre Seigneur Alexandre, Marquis de la Blache, & Madame Gabrielle de Levy fon époufe, vinrent à Goult, (nonobftant l'extreme rigueur de la faifon) à N. Dame de Lumieres, de Vinée Diocefe de Grenoble : pour rendre graces à N. Dame de Lumieres, de ce que leur fils Claude de la Blache âgé de huit mois, avoit depuis trois, receu guerifon d'vne maladie dont on le croyoit mort : & de laquelle il ne pouvoit fortir fans vne grace particuliere du Ciel qu'ils avoient demandée à Dieu, par l'interceffion de N. Dame de Lumieres. Ces

I 4

illuſtres parens ayans donné les marques de leur pieté & liberalité, dans
la ſainte Chapelle, ſignerent de leurs
propres mains avec d'autres témoins
dans le livre des miracles, la faveur
qu'ils recognoiſſoient avoir receuë
par les puiſſans ſuffrages de la Mere
de Dieu.

———————

LE 25. de Mars de l'an 1665. Iaques
Arnavon, & Anne Chauvine ſa
femme, de Mourmoiron Dioceſe de
Carpentras, amenerent à la Chapelle
de nôtre Dame de Lumieres à Goult,
Ioſeph Arnavon leur fils, âgé de quatorze mois : pour rendre graces à la
Mere de Dieu, des faveurs ſignalées
qu'il avoit receu aprés qu'ils l'eurent
invoquée. Cet enfant avoit eſté griè-
vement malade depuis ſon huitiéme
mois : ſon infirmité s'augmentant, il
ne peut prendre ny ſuçer la mamelle,
l'eſpace de vingt & trois jours, durant
leſquels il fut ſans aucun mouvement.
Et tout ce qu'on peut faire pour empeſcher ſa mort durant ce temps notable, ce fut de luy mettre avec difficulté quelques cuillerées de laiŝt. Il
                                    avoit

avoit de plus, ¿perdu la veuë de ſes deux yeux : l'vn deſquels, ſçavoir le gauche, ſortoit hors de ſon ſiege : de ſorte, que ce corps tendrelet eſtant ainſi travaillé ; les Médecins avoient perdu toute eſperance, tant de la veuë, que de la vie. Ses pere & mere ſuſnommez le porterent à N. Dame de Lumieres : & il commença à prendre la mamelle dans ce lieu de miracles. Il y ouvrit les yeux ; le droit demeura parfaitement beau, & le gauche fut remis en ſa place. La relation, depoſition, & atteſtation, ſe trouve ſignée de témoins dans le Regiſtre du Conuent de Lumieres.

G Villaume du Val, fils de Monſieur Antoine du Val, & de Damoiſelle Sibille Bataille, âgé de cinq ans, eſtoit affligé depuis vn an d'vne deſcente de boyaux. Ses parens eurent recours à N. Dame de Lumieres : & il fut aprés leur vœu, ſi parfaitement guery ; qu'on ne voit plus ſa relaxation comme on faiſoit auparavant. C'eſt pourquoy ils vinrent rendre graces le premier jour d'Avril 1665.

I 5

à la Reyne du Ciel, à Goult dans sa
sainte Chapelle.

Pierre Bouchoni de la ville de Carpentras, estant relaxé depuis trois
ans, fut voüé par sa mere Marguerite
Gaudine, à N. Dame de Lumieres : &
receut entiere guerison de sa rupture,
dont il vint avec sadite Mere rendre
graces dans le lieu des miracles, le
6. du même mois, & de la même année.

IEan Tourniare, fils de Roman, du
lieu du Lus, Diocese de Sisteron,
âgé de 25. ans, estoit travaillé d'vne
descente de boyaux depuis treize ans.
Entendant parler du grand nombre
de miracles qui se faisoient à nôtre
Dame de Lumieres ; fit vœu d'y venir,
& fut guery de sa relaxation. Il y vint
le 7. dudit mois avec Antoine Roche
son voisin, rendre graces à la tres-
sainte Vierge.

IAques Bertrand, Maistre Tonne-
lier de la ville de Lyon, estant relaxé depuis douze ans du costé gauche ;
souffroit de grandes douleurs, nonobstant

obſtant qu'il portaſt vn bandage. Le bruit des gueriſons merveilleuſes & ſurnaturelles qui ſe faiſoient à Goult, ſe dilatant de plus en plus de toutes parts ; il implora le ſecours de nôtre Dame de Lumieres, durant les feſtes de Noël, auquel temps il eſtoit fort affligé de ſon mal. Apres ſon vœu, il reçeut entiere gueriſon, & fut ſi parfaitement delivré de ſon mal, qu'il n'a plus depuis reſſenty de douleurs de cette infirmité. Comme il a atteſté, & declaré en preſence de témoins, eſtant venu faire ſes devotions, reconnoître ſa bien-factrice, & rendre ſon vœu dans la Chapelle miraculeuſe, l'onziéme jour d'Avril de 1665.

DAmoiſelle Anne Viffre, veufve de feu Monſieur Henry de Ferres, de Simiane Dioceſe d'Apt, âgée de cinquante ans ; eſtoit travaillée d'vne deſcente de boyaux depuis l'âge de quinze ans ; en telle ſorte, qu'elle ſouffroit de griéves douleurs. Les remedes humains ne la pouvans delivrer, ny méme ſoulager ; elle eut recours à la Mere de Dieu, & fit vœu

de

de venir luy demander guerison dans
sa Chapelle de Lumieres. Elle donna
au Carême de l'an 1664. amplement
dequoy y dire pour ce sujet vne neuvaine de Messes. Mais n'ayât pas receu
la grace qu'elle demandoit, & se confiant de plus en plus dans les bontez
de l'Auguste MARIE ; Elle y revint le
quinziéme d'Aoust de la susdite année
feste de l'Assomption. Cette admirable Mere de misericorde enterina ses
requestes reiterées, si parfaitement,
qu'elle quitta son bandage, estant entierement guerie. Et elle n'a plus ressenty depuis ce temps-là les douleurs,
que luy avoit causé, durant trente &
cinq ans, sa relaxation. Ce qu'elle a
declaré & donné par écrit, en presence de beaucoup de témoins : le treiziéme d'Avril 1665. dans le lieu des
miracles.

———————➤———————

IEanne Coulonne de la ville de Ta-
rascon, fut durant l'espace de dix
heures, tenuë pour morte : sans aucun
mouvement, respiration, ny sentiment
de vie. Ses amis & voisins la voyans
en cet état, implorerent le secours
de

de N. Dame de Lumieres : & au même
inftant, elle revint en parfaite fanté,
& dans la paifible jouiffance de la vie.
Elle vint enfuite de la faveur receuë,
à Goult, rendre graces à la Reyne des
Anges, fa finguliere Bien-factrice, le
17. d'Avril de la fufdite année.

———————————

CLaude de Benedicty, fils de Monfieur Pierre Louys de Benedicty,
de la ville de Boblene dans le Comtat,
Diocefe de S. Paul trois-Chafteaux,
âgé de fept ans, étoit tres-incommodé
d'vne inflammation aux yeux ; qui
provenoit d'vne abondance de bile,
laquelle luy avoit tellement échauffé
le fang, qu'il luy eftoit impoffible de
fouffrir aucune clarté. La fcience de
la Medecine, l'Art des Chirurgiens,
ny les fecrets des Operateurs, ne pouvans remedier à ce mal ; Damoifelle
Louyfe de Silvon fa mere, le voüa
à N. Dame de Lumieres : & il recouvra entierement la veüe aprés le vœu.
Monfieur fon pere le vint en fuite
prefenter à nôtre-Dame de Lumieres,
dans la Paroiffe de Goult, le 18. Avril
de la fufdite année : & rendre graces

K

à la Reyne du Ciel, de la faveur receüe
par ses intercessions.

IEan Veyren, fils de feu Iean du lieu
de Chasteau-neuf du Rosne, en
Dauphiné, Diocese de S. Paul, ayoit
esté affligé l'espace de quatre ans,
d'vne descente de boyaux. Sa mere le
voüa à N. Dame de Lumieres : & il
fut aussi-tost parfaitement guery, &
entierement delivré de sa relaxation.
Il vint pour ce sujet rendre son vœu
dans la sainte Chapelle le vingtiéme
d'Avril de 1665. & donna sa declaration à la gloire de Dieu, & à l'honneur
de la tres-sacrée Vierge. En presence
de Monsieur de la Pierre Vicaire de
Goult, de Monsieur d'Hortigues Iuge
du lieu, de Monsieur Allou, & autres
qui signerent avec eux le miracle.

VEronique Daunier, fille de Iacques, du lieu de Baumes, estant
travaillé extraordinairement d'vne
rupture depuis deux ans, fut voüée
à N. Dame de Lumieres. Elle se trouva incontinent soulagée : & en suite,
elle fut tout à fait guerie & delivrée
de

de sa relaxation. Benoist Daunier son oncle paternel, la conduisit à la sainte Chapelle, pour rendre graces avec elle, à la Mere de Dieu : & donna sa deposition, qui fut signée par Monsieur Charrasse Prestre, & par Iean Clair, de la ville de Beaucaire, le 25. d'Avril, l'an 1665.

IOseph Galissar du lieu d'Airagues, âgé de trois ans, & quatre mois, ayant esté continuellement incommodé dés sa naissance d'vne descente de boyaux ; fut voüé à N. Dame de Lumieres par sa mere, qui implora l'assistance du Ciel par les intercessions. Et au même instant qu'elle fit sa priere, & son vœu, il fut parfaitement guery. C'est pourquoy elle l'amena le jour susdit, à la sainte Chapelle, pour remercier leur Bien-factrice : & donna sa deposition en presence de Monsieur de Goult, de Monsieur le Marquis de Beauchamp son fils, & de Monsieur de la Pierre, Official & Vicaire.

IAcques de Garcin, fils de Monsieur Antoine de Garcin, Advocat en la Cour du Parlement de Dauphiné, & Iuge de Serres, âgé de quatre ans, avoit esté si mal traité de la petite verole, qu'il en avoit perdu la parole & la veuë, & estoit demeuré perclus de tous ses membres. Monsieur son pere desolé de ces tristes accidens, fit vœu pour son enfant à N. Dame de Lumieres, avec Monsieur le Curé de Serres, qui dit la Messe à cette intention : & deslors il commença à recouvrer la santé, la parole, la veuë, & le libre vsage de tous ses membres. De sorte, qu'étant parfaitement guery, en suite du recours qu'ils avoient eu à la Mere de Dieu, Monsieur son pere & Mademoiselle sa mere l'amenerent à Goult dans la sainte Chapelle, le 30. jour d'Avril de 1665.

IEan Esteve de Vaurias, Diocese de Vayson, âgé de cinquante ans, étoit affligé depuis dix ans d'vne descente de boyaux, il pria N. Dame de Lumieres d'estre son Avocate auprés de Dieu,

Dieu, & de luy procurer par ſes interceſſions la delivrance de cette infirmité. Il vint viſiter le lieu miraculeux, & il y fit ſes devotions. Comme il alloit achever ſon pelerinage en la Chapelle de S. Michel, ſon bandage ſe rompit, & au méme moment il ſe trouva totalement guery de ſa relaxation. Cé qu'il declara à la gloire de Dieu, & pour l'honneur de la tres-ſainte Vierge le ſecond jour d'Avril, en preſence de Meſſieurs Roux Vicaire de la Coſte, Gerardet Preſtre de Menerbe, Bernard Procureur du Parlement de Savoye, & autres témoins ſignez dans le Regiſtre des graces obtenües par l'invocation de N. Dame de Lumieres.

Magdelaine Ciſtre, de la ville de Beaucaire, âgée de neuf ans, étoit depuis vn an dans vne continuëlle impuiſſance, de ſe ſervir de ſes membres, & ne pouvoit ſe ſoûtenir en aucune façon. Elle reclamoit toûjours N. Dame de Lumieres, & redoublant ſes prieres le premier jour de May de 1665, elle fut delivrée de

ses infirmitez, & commença à cheminer, & à pouvoir agir. Ieanne Bou-
sique sa mere l'ayant accompagnée,
& amenée à Goult dans la sainte Chapelle, le quatriéme dudit mois ; declara, avec elle, la grace receuë par
les merites de la Vierge.

LE cinquiéme May Antoine Cala-
meau (de Pierre-late, Diocese de
saint Paul trois Châteaux) estant à
N. Dame de Lumieres, declara, qu'il
y estoit venu, pour y rendre graces,
de ce que l'ayant invoquée, il avoit
esté preservé de la mort, ou du moins
d'estre estropié toute sa vie : car la
roüe d'vne Charette chargée de bois,
ayant passé sur sa jambe, au mesme
moment il implora le secours de la
sainte Vierge, & ne receut ny rupture,
ny incommodité.

LE mesme jour Monsieur Bethard
du Puy Notaire de Viviers, ville
Capitale du Vivarez, estant venu faire ses devotions à Goult dans la sainte Chapelle, declara que le trentiéme
Decembre de 1664. s'estant trouvé
dans

dans vne vieille Barque fur le Rofne,
elle y prit eau, & s'enfonça enciere-
ment. Il fe fauva du naufrage, aprés
avoir invoqué N. Dame de Lumieres.
Quatre perfonnes de qualité, qui
étoient dans la Barque avec luy, furent fubmergées, & moyées, & luy,
ayant demeuré vne heure dans l'eau,
durant vne grande tempefte, ne receut aucun mal. Grace qu'il a attefté
avoir receüe, ainfi qu'il a figné dans le
livre des Miracles avec le fufdit Cala-
meau.

CE mefme jour Iofeph Capeau
de la Ville-Dieu, dans la Comté
d'Avignon, Dioceſe de Vayſon, qui
étoit relaxé, ayant efté recommandé
par fa mere à N. Dame de Lumieres,
fut guery en mefme temps. Ainfi
qu'elle l'a declaré, aprés qu'elle a eu
fait fes prieres, & rendu fon vœu au
pied de l'Autel de la Mere de Dieu,
en prefence des témoins foubfignez
dans le livre.

K 4

IEan Sabu , Enfant d'Antoinette
Bertrande de Remoulin , Diocese
d'Vsez, seulement âgé d'vn an & demy ; tomba le Dimanche des Ra-
meaux de 1665. la teste la premiere
dans vne pile pleine d'eau croupis-
sante. Il y demeura vn quart d'heure, ne paroissant hors cette vilaine
eau, que par le bout des pieds. Sa mere, affligée de cét accident, l'ayant tiré mort de la pile ; implora le secours
de N. Dame de Lumieres, sans qu'il y
eut aucune apparence de vie. Car il
demeura encore vne heure & demie,
sans poux, sans respir , sans souffle,
sans chaleur, sans mouvement: &
froid comme la glace. Mais la foy
de sa mere estant vivante, & sa confiance dans la bonté de l'Auguste MA-
RIE, estant tout à fait animée ; elle
implora derechef ardamment son secours en son affliction : Et promit de
l'amener à Goult dans sa Chapelle
de Miracles. Alors il revint en vie,
& en santé : & elle accomplit son
vœu le 5. de May en presence des témoins qui ont signé dans le Registre.

Le

LE dixiéme du mefme mois, & de
la mefme année Françoife Matthieu, fille de Michel, & de Catherine Martine, habitans de Carneu,
dans le Diocefe d'Apt, eftoit fi cruel-
lement tourmentée de la gravelle,
qu'ayant efté long-temps fans pouvoir vriner, ny trouver aucun foulage-
ment à fon mal extrême, elle fut dé-
laiffée comme morte. Sa mere implora dans ce defaftre l'affiftance de nôtre
Dame de Lumieres: & ô merveille!
au mefme inftant elle vrina fans difficulté, & ce qui eft plus, la pierre qui
caufoit fes cuifantes douleurs, & fer-
moit le paffage de fes evacuations,
fortit dehors à la mefme heure, par
l'invocation, & les fuffrages de la
Mere de Dieu, appellée à bon droit
par l'Eglife le falut des infirmes. Elle
vint rendre fon vœu à Goult dans la
fainte Chapelle, & y laiffa, ladite
pierre d'vn grand poids, & d'vne grof-
feur étonnante.

K 5

CE mesme jour dixiéme de May de 1665. Iean Escalier, de Vacheiras en l'Evesché d'Oranges, ayant vn fils nommé Antoine âgé de quatre ans, qui estoit affligé d'vne descente de boyaux, depuis deux ans; Il le voüa, & l'amena à nôtre Dame de Lumieres. Et ô merveille! si tost que le pere & l'enfant furent arrivez à la sainte Chapelle; son bandage tomba à la porte en ma presence, de Monsieur le Iuge, & de plusieurs témoins, ses boyaux rentrerent, & il fut parfaitement guery, & visiblement delivré de sa relaxation, en cét heureux moment.

MAgdeleine d'Arquiere, du mesme lieu de Vacheiras, âgée d'vn an & demy, tomba morte d'vne haute muraille de sept cannes. Damoiselle Magdeloine d'Arquiere sa mere estant éplorée à l'aspect de ce triste accidant, eut recours à N. Dame de Lumieres, & aussi-tost elle receut la vie, & la santé. Elle fut apportée le dixiéme de May 1665. dans la Chapelle

pelle miraculeuse, & conduite en
compagnie de ladite Damoiselle sa
mere, qui y vint accomplir son vœu,
& rendre action de graces, pour vn
bien-fait si signalé, dont elle me dit
la larme à l'œil, & la devotion dans
le cœur, en presence de plusieurs témoins toutes les circonstances.

ANdré de Ranque de S. Martin
de Castillon, aprés l'application
des remedes possibles faite par les
Chirurgiens, demeura mort par vn
violent accident de goutte. Sa mere,
affligée au dernier point de cette perte, voyant qu'on l'alloit mettre dans
le suaire, jetta les yeux au Ciel, &
eut recours à la Reyne des Anges &
des hommes, N. Dame de Lumieres.
Et au mesme instant, l'Enfant recouvra la vie, & fut parfaitement guery,
& depuis n'a eu aucun ressentiment
de cette infirmité.

LOüis Boussart (sieur de Montga-
zon, & receveur au Grenier à Sel
de Grignan) estoit tres-incommodé
d'vne fluxion, qui luy estoit tombée
sur

sur les yeux durant l'espace de cinq
Semaines. Aprés avoir experimenté
plusieurs remedes, sans avoir esté soulagé en aucune façon ; Il fut obligé,
nonobstant son infirmité, d'aller porter de l'argent à Orange, à Monsieur
le Receveur general, selon les Ordres qu'il reçeut de luy vn Ieudy sur
le soir. Se voyant malade , & pressé
de faire ce voyage, il eut recours à
N. Dame de Lumieres par vne fervente priere le mesme jour de Ieudy
avant que se coucher ; & le Vendre-
dy matin il se trouva à son reveil entierement guery. Il vint le quinziéme
jour de May 1665. rendre graces à sa
bienfactrice, il fit dire quelques Messes dans la miraculeuse Chapelle de
Goult, & ayant declaré la grace receüe , écrivit & signa sa deposition
avec des sentimens d'vne reconnoissance , & pieté vrayment Chrestienne.

AV vingtiéme du mesme mois
Damoiselle Honorade Ligier
Vefve de feu Monsieur (Pierre Pro-
vance de la ville d'Apt , amena à
N. Dame

N. Dame de Lumieres, fa fille Vrfule
Provance, âgée de cinq ans, & declara
à l'honneur de la fainte Vierge ce qui
fuit. Ladite Vrfule avoit efté durant
l'efpace de trois ans percluse de fes
membres, & en telle forte qu'elle ne
pouvoit en aucune façon cheminer.
Elle avoit de grandes douleurs à fes
épaules, provenantes d'vne groffe de-
fluxion : & ne pouvoit aller autrement, qu'en fe trainant fur fon derriere. Car fes jambes eftoient tellement debiles & affoiblies, & fi fort
difloquées & contrefaites ; qu'elle ne
s'en pouvoit fervir pour marcher en
aucune façon. Damoifelle Anne Provance fa fœur, affligée d'avoir ce fpe-
ctacle funefte devant fes yeux continuellement, & ayant grande devotion à N. Dame de Lumieres ; fit vœu
pour elle, & demanda fa guerifon à
la Mere de Dieu. Elle la mena à Goult
dans la fainte Chapelle : où l'infirme
eftant mife à terre, fe leva feule au
mefme inftant, & chemina fans l'ayde de perfonne. Eftant interrogée
d'où venoit vne fi prompte guerifon,
elle répondit fur le champ avec joye

L

que N. Dame de Lumieres l'avoit guerie. Elle a toûjours depuis cheminé, & ses épaules furent exemptes des douleurs, qui les avoient travaillées durant les années precedentes,

---

LE mesme jour vingtiéme de May Iean Brieugne, de la ville d'Arles, qui estoit si affligé depuis cinq ans d'vne descente de boyaux, que la plus grande partie du temps il ne pouvoit ny marcher, ny travailler. S'étant recommandé à nostre Dame de Lùmieres, & estant venu en Pelerinage dans la sainte Chapelle ; Il receut parfaite guerison, & depuis ce temps-là, il n'a ressenty aucune douleur, ny incommodité de cette maladie.

LE vingtquatre du mesme mois, Iean Estienne, d'Avignon amena à N. Dame de Lumieres son fils âgé de deux ans & demy : pour rendre graces à cette admirable Mere de Dieu, de ce que l'Enfant s'étant trouvé deux mois auparavant à la ruë du Limas ; vn chariot passa sur tout son corps

corps à la veuë de sa mere, qui le croyant mort, demanda l'assistance à la Reyne du Ciel, & fut exaucée. Car elle le trouva non seulement pas mort, ny esttopié; mais pas mesme incommodé, & sans aucune marque de ce passage dangereux. C'est ce que son pere deposa à Goult, & signa de sa main, estant venu rendre son vœu.

Pierre Quatreveil, fils de Ieanne Solaine d'Avignon, âgé de deux ans, estoit souvent surpris de si grands maux, qu'on le croyoit mort trois ou quatre fois en chaque jour. Sa mere ne voyant point d'autres remedes à cette infirmité si extraordinaire, que le secours du Ciel demanda assistance à N. Dame de Lumieres, & depuis il n'a esté affligé de cette maladie en aucune façon. C'est ce qu'elle deposa, & attesta le 24. de May de 1685. ayant amené sondit Enfant à Goult, où elle vint rendre son vœu dans la sainte Chapelle.

L 2

Pierre Serre, fils de Pierre, & de Catherine Placide, du lieu de Fourques en Languedoc, âgé de trois ans, avoit jetté par le nez, & par la bouche vne si grande abondance de sang, qu'on ne jugeoit pas qu'il deut encore vivre apres vne evacuation si prodigieuse, qui l'avoit reduit à la derniere des foiblesses. Son pere & sa mere eurent recours dans leur affliction à N. Dame de Lumieres, & firent vœu pour leur Enfant mourant. Et ô bonté de l'Auguste MARIE ! au mesme instant le sang (que l'art, & la nature n'avoient pû retenir) s'arresta ; & depuis il n'a esté aucunement incommodé. Les mesmes pere & mere estans venus rendre graces, avec leur Enfant, dans la Chapelle miraculeuse ; en donnerent la relation le mesme jour que dessus.

Elizabeth Mereton, fille de Iean Mereton, & de Loüyse Bonnefille, du lieu de Graus, femme d'Honorat Audibert, estoit affligée d'vne maladie étrange, qui la tourmen-

toit

toit de telle sorte, qu'elle tournoit la teste derriere, & changeoit tout à fait de couleur, devenant toute noire. Son mary, ses parens, & plusieurs personnes dudit lieu étonnez de ces étranges accidens, & ne pouvans trouver dans leur compassion de remedes vtiles; invoquerent nostre Dame de Lumieres, & firent vœu pour elle: à la mesme heure elle receut la grace d'vne totale, entiere, & parfaite guerison, le 6. d'Avril 1665. & vint le 24. de May accomplir le vœu, reconnoistre sa bienfactrice, & demander la continuation de ses faveurs, & de sa protection.

LE mesme jour vingtquatre de May 1665. Il y eut vn autre miracle signalé dont Monseigneur Cohon Evéque de Nismes a eu entiere connoissance: Ainsi que le Lecteur verra par ce qui suit:

NOVS ANTIME DENYS, PAR LA MISERICORDE DE DIEV, Et par la grace du S. Siege Apostolique, Evesque de Nismes, Conseiller du Roy en ses Conseils, & son Predicateur ordinaire. A tous ceux qui ces presentes verront, salut & Benediction : Sçavoir faisons que sur le rapport que nous ont fait Iean Bigonnez, dit Beaulieu, Maistre Menuisier, & habitant de nostre ville de Nismes, Catholique, Apostolique, & Romain : Et Marguerite Veronne sa femme ; Icelle faisant profession de la Religion pretenduë Reformée, lesdits Mariés ayants vn fils nommé Paul Bigonnez à present âgé de sept ans, lequel ayant eu la petite verole dans le berçeau, dont il auroit demeuré aveugle depuis six ans, sans pouvoir voir la clarté du jour, non sans grande incommodité & affliction de ses parens. Surtout de son pere, lequel comme bon Catholique ayant oüy parler d'vne devotion nouvellement erigée à l'honneur de la sacrée Vierge Mere de Dieu, dans le terroir de Goult, Diocese de Cavail-
ton,

lon, sous le tiltre de N. Dame de Lumieres, & des grands miracles qui s'y
faisoient, auroit voüé son fils à la sacrée Vierge, & l'auroit mené en ladite
Chapelle aux festes de la Pentecoste de
la presente année, en compagnie de
Maistre Pierre la Ruë Cordeur, Maistre Palissot Cordonnier, Maistre Pierre
Gaille, dit la Ieunesse, Chappelier, &
de quelques autres personnes, tous habitans de cette ville de Nismes : Lesquels
tous ensemble comme ils approchoient
de ladite Chapelle de nostre Dame de
Lumieres, ledit Enfant Paul Bigonnez
auroit commencé à ouvrir les yeux, &
à voir vn peu la clarté du jour ; mais
estant enfin arrivé en ladite Chapelle,
il auroit recouvré entierement la veuë
dont il joüit à present en parfaite santé,
d'où tous lesdits Assistans prindrent
subjet de louër Dieu Autheur de si
grandes merveilles par l'intercession de
sa tres-sainte Mere. Ce que nous ayant
esté veritablement exposé & affirmé par
serment dudit Bigonnez & autres sus-
nommés, la main mise sur les Saints
Evangiles selon la forme ordinaire des
Catholiques : & mesmes par le recit

L 4

dudit jeune Paul Gigonnez guery & illuminé miraculeusement, & de sa mere; Nous avons fait expedier le present Certificat, à la requisition du Pere Iean Baptiste de Iesus, Sous-Prieur & Maistre des Novices du grand Convent de l'ancienne Observance des Carmes d'Avignon, signé de nostre main, contresigné par nostre Secretaire, & seellé du sçeau de nos Armes pour servir en-tant que besoing sera. Donné à Nismes dans nostre Palais Episcopal, ce treiziéme Novembre mil six cents soixante-cinq, signé Antime Denys Evesque de Nismes. Contresigné du mandement de mondit Seigneur, l'Illustrissime & Reverendissime Evesque de Nismes, Borrely Secretaire.

Catherine Reste, fille de Baltazar Reste, & de Catherine Nalle, de la Tour d'Aygues, âgée de treize mois, estoit affligée dés sa naissance d'vne descente de boyaux. Son pere & sa mere, implorerent le secours de nôtre Dame de Lumieres, elle receut entiere guerison.

guerifon. Ils l'apporterent à Goult,
dans la Chapelle miraculeufe : où ils
laifferent fon bandage, pour témoignage de la grace receüe.

1. Elle fut apres griévement mordüe,
& laiffée morte dans fon berceau
tout plein de fang, qu'vn gros pour-
ceau avoit épanché dans fes langes
& maillots. Sa mere rentrant dans la
maifon, & trouvant fa petite dans ce
piteux eftat ; eut encore recours à la
Mere de Dieu, avec fes voifines : &
l'enfant receut la vie,& la fanté. Son
vifage fe remit, elle refpira, & receut
le mouvement & parfaite fanté,aprés
ce fecond vœu : Il luy refte feulement
de ce deplorable accident vne cicatri-
ce au col (où le porc avoit fait le plus
grand ravage) qui fert de marque de
la morfure,& de la grace.C'eft ce que
nous avons veu, & qu'ont attefté fes
pere & mere, étans venus avec leur
enfant à Goult dans la fainte Chapelle, rendre leurs vœux à noftre Dame
de Lumieres.

L 5

Pierre Petit, maître Poudrier, cherchant des terres au Moulegues d'Arles, fut à l'improviste enlevé par l'impetuosité de l'aile d'vn moulin à vent, qui le jetta plus de vingt pas, au mois de May de 1664. Son filleul Iean Bonfin present à cet accident, le voüa à nôtre Dame de Lumieres: laquelle luy conserva la vie par ses intercessions. En recognoissance de cette grace, il offrit avec Ieanne Tapone, vn tableau à la Mere de Dieu dans la sainte Chapelle.

Antoine Simon, fils de Dominique Simon, & de Claude Marine, de la ville de Gap en Dauphiné, habituez en Avignon, estoit grandement travaillé d'vne descente de boyaux. Ses pere & mere, firent vœu pour luy à N. Dame de Lumieres : & il receut entiere guerison. Estans venus rendre graces, à la souveraine Consolatrice des affligez, dans la Paroisse de Goult en Provence ; ils y
laisse

laisserent le bandage de leur fils, & donnerent vn flambeau, pour offrande.

Ladite Claude Marine mere du relaxé, ayant les tetins gastez, & crevez; aprés avoir fait vœu, & reclamé la sainte Vierge, dans le lieu des miracles, y receut aussi parfaite guerison, le 26. jour de May, l'an 1665.

——————————

L A méme année au mois de Ianvier, Iean Bonnet, du lieu de Veaux, terroir de Malassene, estoit monté sur vn rocher, & eslevé de terre de plus de sept cannes de hauteur, pour y couper du bois. Comme il travailloit pour abatre vn chesne vert, vne branche notable dudit arbre, tomba à l'improviste sur sa teste, & le precipita du haut en bas. Dans cet instant perilleux, il reclama N. Dame de Lumieres: & il ne fut incommodé, ny blessé de cette cheute dangereuse en aucune partie de son corps. En recognoissance de cette grace, il vint le 24. May de la susdite année à Goult,

dans

dans la sainte Chapelle : en laquelle il offrit quelques livres de cire, & fit ses devotions.

VNe grande & longue maladie ayant affligé Anne Peyson de la ville d'Apt ; luy causa plusieurs vlceres en vne jambe. Les Chirurgiens desesperans de la pouvoir guerir, & voyans quatre grands trous dans cette partie qu'ils jugeoient sans remede, refuserent d'entreprendre la cure. La pauvre malade eut vne patience & perseverance admirable, à souffrir cette infirmité l'espace de douze ans. Ne pouvant esperer guerison du costé de la terre ; elle jetta ses yeux au Ciel ; & fit vœu d'aller à N. Dame de Lumieres, demander la grace entiere, ou bien, au moins soulagement. S'estant fait conduire avec beaucoup de peine, & de douleurs, dans la Chapelle miraculeuse ; elle y fit vne neufvaine avec confiance dans la bonté de la Mere de Dieu. Et ô providence divine, & pouvoir de Marie! au même instant qu'elle eut achevé sa neufvaine, le 26. jour de May de 1665. elle fut entierement

ment guerie, & delivrée de toutes ses douleurs. Les trous de sa jambe furent fermez en vn moment, par des remedes invisibles, & elle marcha sans difficulté, ainsi qu'elle avoit fait auparavant sa longue & dangereuse maladie.

Onsieur Pierre de Ladehors, de la ville d'Apt, âgé de nonante ans : demeurant à Paris, depuis soixante années, estoit devenu totalement aveugle durant deux mois. La Reverende Mere Marie de Ladehors, Religieuse de la celebre Abbaye de sainte Croix d'Apt, ayant appris l'accident arrivé à Monsieur son pere, fit vœu pour luy à N. Dame de Lumieres. Elle fit dire vne Messe dans la Chapelle miraculeuse : & promit d'y donner des yeux d'argent. Et, ô merveille ! le même jour qu'on celebroit la Messe à Goult pour luy, il recouvra à Paris la veuë d'vn de ses yeux. Et ainsi dans son extreme vieillesse, il voit à suffisance depuis le vœu de sa pieuse fille.

M

CAtherine Ioyeuse de la ville de Taraſcon, âgée de ſix ans, ayant eſté affligée d'vne griéve & rude maladie durant l'eſpace de plus de trois mois, demeura paralytique de la moitié de ſon corps: en telle façon qu'elle ne pouvoit aucunement s'ayder de ſon bras gauche, ny remuër la jambe. Catherine Guinjere ſa mere, la voyant quaſi morte, la voüa à N. Dame de Lumieres: & auſſi-toſt elle receut la grace d'vne parfaite gueriſon. Elle n'a eu depuis ce vœu aucun reſſentiment de cette grande infirmité: elle marche tres-bien; & elle vint avec ſa-dite mere, le 26. jour de May de 1665. de Taraſcon à Lumieres, reconnoiſtre la ſainte Vierge, où Monſieur Chaſſe Preſtre & Secondaire de Goult, écrivit le miracle, & ſigna dans le Regiſtre la depoſition.

MAgdelaine Bernard, fille de Gaſpard Bernard de Lioux, dans l'Evêché d'Apt eſtoit paralytique de tout ſon corps, & en outre eſtoit demeurée muette depuis cinq mois: en

ſuitte

suitte de grands & étranges accidens
de goutette. Sa mere ne pouvant
trouver de remedes humains, pour
luy redonner le mouvement du corps
& de la langue ; implora le secours
de N. Dame de Lumieres. Et sa fille
receut incontinent apres le vœu, la
guerison entiere, le mouvement de
tout son corps ; & la parole libre.
Elles vinrent toutes deux à Lumieres,
dans la Chapelle miraculeuse, y rendre action de graces, & y donnerent
leur declaration le méme jour 26. May
de 1665.

ANtoinette Guibert, du lieu de
Limeu, dans le Diocese de Cisteron, fut au mois de Fevrier 1665.
subitement si percluse de tous ses
membres, qu'elle ne pouvoit se soûtenir. Estienne Escottier son mary
estoit obligé de la porter sur son dos
toutes les fois qu'il falloit qu'elle sortie de la maison pour aller à l'Eglise.
Ils supplierent N. Dame de Lumieres,
de leur donner assistance en cette affliction : & promirent d'y venir offrir
vn Suaire. Au méme temps elle com-

M 2

mença à cheminer, depuis elle fut
totalement guerie : elle marche fort
bien, & elle vint rendre son vœu
à Goult, le dernier jour de May de la
susdite année, ayant recouvert sa parfaite santé.

LE méme jour (auquel la sainte
Eglise solemnisoit la feste de l'a-
dorable Trinité) Esprit Sauvan, du
Revois de Brousse, Diocese de Cisteron ; amena sa fille Dominique rendre graces à N. Dame de Lumieres,
de ce qu'étant tres-incommodée d'vne
descente de boyaux dés sa naissance,
elle avoit esté entierement guerie par
ses intercessions ; si tost que sondit
pere eut fait vœu pour elle, & qu'il
eut invoqué cette Reyne des Anges.

ANne Marie Bonnet, du lieu de
Malassene, âgée de quatorze ans,
avoit esté vn an entier percluse de ses
cuisses & de ses jambes, d'accident de
goutette. Pierre Bonnet son pere fit
vœu pour elle, le 20 de May 1664.
à N. Dame de Lumieres ; & au méme
temps elle eut la force de marcher
avec

avec des potences. La veille de la
Pentecoſte, qui eſtoit le dernier jour
du mois ſuſdit, ſon pere la mena
à Goult dans la ſainte Chapelle,
à l'entrée de laquelle elle fut entierement guerie. Ils rendirent action de
graces à la Mere de Dieu: Elle y laiſſa
ſes potences, & marcha toûjours depuis cet heureux moment ſans aucune aſſiſtance. Ils atteſtérent cette grace receuë avec ſerment, devant la porte de la Chapelle miraculeuſe, en preſence de Monſieur d'Hortigues, Advocat en Parlement & Iuge de Goult,
de M. Iean Augier de la ville d'Orange, de M. François Mavignier, de M.
Iean du Pont, & de Monſieur de la
Pierre Notaire & Greffier du lieu,
qui ſigna avec les ſuſnommez.

D Amoiſelle Catherine de Soliers,
épouſe de Monſieur Rigolet de
la ville d'Apt, devint aveugle d'vne
goutte ſerene, la premiere ſemaine du
Carême de 1665. Elle demeura deux
mois en cet état, ſans pouvoir eſtre
guerie par aucun remede humain: ce
qui fit que les Medecins l'abandon-

nerent comme incurable. Son mary,
elle, & toute leur famille, implorerent
d'vn commun advis le secours de N.
Dame de Lumieres ; & furent exaucez: Car elle recouvra parfaitement
la veuë, apres leur vœu à cette Mere
des Lumieres.

EStienne Bovar, du lieu des saintes
Maries, Diocese d'Arles, estant relaxé depuis vn an, fit vœu par le conseil de sa femme Catherine Berard,
à N. Dame de Lumieres : & receut la
grace qu'il demandoit, & guerison
totale au mois de Iuillet de 1664.

ANne du Soldel, de Gordes, Diocese de Cavaillon, âgée de quinze ans, tomba d'vne fenestre, vers le
mois de Ianvier de l'an 1643. La
cheute luy fit tellement mal à la
cuisse, qu'elle ne pouvoit se soûtenir
sans vne potence, & encore bien
moins marcher. Cette infirmité la
détint, & affligea jusques au cinquiéme de Iuin de 1665. auquel temps
elle se fit conduire à N. Dame de Lumieres : pour y faire vne neufvaine
à l'hon

à l'honneur de la Mere de Dieu. Le
premier jour de ladite neufvaine, elle
receut guerison parfaite dans la Chapelle miraculeuse : Elle y laissa sa
potence; & depuis marcha bien comme auparavant, & sans difficulté.

LE jour susdit cinquiéme de Iuin,
Ieanne Pelegrine, femme de Barthelemy Martin, Maistre Masson des
saintes Maries, Diocese d'Arles, estant
venuë à N. Dme de Lumieres à Goult,
declara & deposa ce qui suit. Au
mois d'Octobre de 1664. elle se trouva à l'accouchement de Fremine Flo-
rence du mesme lieu : parce qu'elle
avoit esté choisie pour estre la mar-
raine de l'Enfant qu'on esperoit.
Fremine accoucha d'vn enfant masle
en santé, lequel au sortir du ventre de sa mere, fut mis dans les
mains de Marie Colombe, qui le ser-
ra si fort & si étroittement, qu'il ex-
pira dans le moment de sa naissance.
On le presenta au feu, afin de le remettre : & on n'obmit rien de tout ce
qu'il falloit faire en cette occasion.
Mais ce fut sans effet : car il ne donna

jamais vne marque de vie, & ceux
qui estoient presens avec la sage-femme dirent vnanimement qu'il estoit
mort, & que s'en estoit fait. Ladite
Pelegrine fut tres affligée de l'accident funeste ; & de ce que celuy qui
avoit esté destiné pour estre son filleul, fut privé du baptême. Ne voyant
point de remedes humains pour redonner à ce petit poupon la vie, qui
est dans la seule main de Dieu ; Elle
se prosterna aux pieds du lict, & implora, avec vne fervente devotion
devant les Assistans, le secours de
N. Dame de Lumieres. Elle supplia
tres instamment cette mere de misericorde, de faire en sorte que cét enfant réceut le baptesme, & ne fut pas
privé de la vision de Dieu. Et elle
fut exaucée à la consolation des personnes présantes ; car au mesme temps
le petit soûpira par trois fois, il recouvra la vie, & receut le baptesme,
& vécut onze jours entiers aprés
avoir receu ce Sacrement, & a esté
écrit dans le livre de la vie eternelle.
Cette deposition fut écrite, & signée
de la main de Monsieur Molin Greffier.

fier du mesme lieu , & Notaire
Royal.

ELizabeth de Palum , Epouse de
Monsieur Rondache de la ville
d'Avignon , avoit souffert de grandes
douleurs durant l'espace de trois ans,
sans que les Medecins la peussent soulager. Elle, ny eux ne sçavoient d'où
provenoit son mal : sinon que quelques-vns la croyoient hydropique;
Mais les remedes n'operoient rien
pour son soulagement. Dans le re-
doublement de ses sensibles & cuisantes douleurs, elle invoqua nostre
Dame de Lumieres l'onziéme jour du
mois de May de l'an 1665. Et elle rendit vne grosse pierre, & fut guerie entierement par ce moyen , & par les
merites de la Vierge, comme elle attesta & signa de sa main, l'onziéme
de Iuin de la mesme année à Goult
dans les Registres de la sainte Chapelle.

MOnsieur Henry Elie de la ville
d'Aix , estant monté sur vn arbre de la hauteur de six cannes , à

saint Savournin proche d'Apt, tomba dans vn vallon tout de roc. Cette cheute le devoit mettre en cent pieces, & luy ravir la vie tres infailliblement : mais Damoiselle Françoise Bertrand qui le vit avec effroy tomber de la maniere, d'vne cheute si dangereuse, reclama avec vn haut cry, nostre Dame de Lumieres. Et il fut preservé de tout mal, comme il a attesté & signé le 14. Iuin de 1665 estant venu rendre graces à la Mere de Dieu dans le lieu des miracles.

VNe fille de Matthieu Giraud de Vaquairas au Diocese d'Orange, âgée de huict ans, estant tombée du haut d'vn degré qui avoit vingt marches de hauteur, demeura morte environ vne heure. Sa mere surprise par vn accident si inopiné, la voüa à N. Dame de Lumieres, & aussi-tost elle respira, & reprit le mouvement, la santé, & la vie. Son pere estant venu rendre graces, dans la sainte Chapelle, y donna cette deposition : qui fut signée le treiziéme de Iuillet de 1665. par Monsieur Girard

rard Viguier de Goult, en presence
de beaucoup de personnes qui en
donnerent loüanges à Dieu, & à la
sacrée Vierge.

IEan Baptiste Fauque, petit enfant
du lieu de Goult, âgé seulement
d'vn mois & demy, reçeut le coup de
la mort par vn accident de goutette.
Comme on eut fait sur luy le signe
de la Croix, avec le cierge benit, sa
mere Françoise Gayette implora pour
lors, dans l'affliction de la perte qu'elle faisoit de son fils, le puissant secours de N. Dame de Lumieres. Ceux
qui estoient presens joignirent leurs
vœux au sien : & au mesme moment,
l'Enfant respira, & retourna en vie,
& en santé. L'Attestation en fut donnée le premier jour d'Aoust devant
Monsieur le Iuge en la sainte Chapelle.

IEanne Homage, de Mirabeau Diocese de Vayson, âgée de trente &
trois ans, fut épuisée & reduite dans
l'extremité par vne grande effusion
de sang, qu'elle avoit rendu par la
bouche,

bouche, vers la fin de Septembre de
l'an 1664. qui faisoit juger qu'elle en
devoit mourir. Mais ayant invoqué
N. Dame de Lumieres en son infirmité, elle se sentit aussi-tost soulagée,
& remise. Elle declara cette grace,
estant venuë rendre son vœu dans la
sainte Chapelle le premier d'Aoust
de 1665.

Ndré Taravelé, de Mirabel, en
Dauphiné Diocese de Vayson,
fut attaqué d'vne grande colique, &
en suitte horriblement maltraité du
mal mortel, qu'on nomme le *miserere,*
ou autrement *colera morbus,* durant
huict jours. Cette infirmité fit qu'il
ne peut durant tout ce temps boire,
ny manger, quoy que ce fut, ny repo-
ser en aucune façon; & qu'il vomit
tout ce qu'il avoit dans le corps, mesme la graisse, qui se détachoit par la
force & violence du mal. En ce piteux estat, abandonné des Medecins,
& tenu de tous pour mort, Il fit vœu,
avec tous ses parens, à nôtre Dame
de Lumieres: & alors son vomisse-
ment étrange le quitta, & il fut en
suitte

suitte remis en parfaite santé. Tellement qu'étant bien sain, il vint rendre graces à la Mere de Dieu; & donna sa deposition devant plusieurs témoins, le premier jour d'Aoust 1665.
laquelle fut signée de Monsieur de
Goult, & de de Monsieur d'Hortigues son Iuge, & que j'entendis de
mes propres oreilles, avec consolation, en compagnie de plusieurs Pelerins.

MArguerite Cadenelle du lieu
des Galades Diocese de Marseille ayant esté l'espace de deux ans
& demy percluse de tout son corps,
hormis de la langue; fut abandonnée
des Medecins. Son mary, & elle firent vœu à N. Dame de Lumieres: &
s'étant appliqué de l'huyle de la lampe qui brûle devant l'Autel miraculeux dans le terroir de Goult; elle
fut tout à fait guerie de sa paralysie.

DEnys Saladin fils de Clement,
& de Marguerite Bourlone du
lieu d'Eyragues, Diocese d'Avignon

N

estant relaxé dés sa naissance, fut guery aprés le vœu de son pere & de sa
mere, qui vinrent à Goult le 23.
d'Aoust 1665. en rendre graces à nôtre Dame de Lumieres.

IEan Colomb, du lieu d'Auriol
Diocese de Marseille fut guery d'v-
ne descente de boyaux, aprés avoir
esté voüé par ses parens à N. Dame
de Lumieres, le 24 Avril de 1665.

FRançois Sylvestre de Gordes, fils
de Iean Iacques, & de Marie Pey-
riere, receut la mesme grace, & fut
delivré d'vne relaxation le 18.
d'Aoust. Ses parens vinrent en rendre graces à N. Dame de Lumieres
le 24. dudit mois, & de la mesme
année.

ANtoine Arnaud, fils de Monsieur Arnaud de la ville d'Arles,
& de Damoiselle Anne Rafine, âgé
de sept ans & demy, tomba dans le
Rhosne, à la murette prés de la porte
de N. Dame, le 19. de Iuin 1664.
Les enfans qui l'avoient veu tomber
dans

dans le fleuue ne l'appercevant plus,
allerent à sa maison en avertir sa mere. Estant arrivez sur le Port, elle
appella les Mariniers, & ne trouvant
point d'esperance en leur pouvoir &
diligence; Elle se prosterna à genoux,
& implora le secours de N. Dame de
Lumieres. Sa requeste fut bien-tost
enterinée & sa supplique signée au
Ciel dans la Cour de la Reyne des
Anges : Car, contre le sentiment de
tous les Assistans, au mesme moment
on le vit paroistre sur l'eau, dans laquelle il avoit esté enseuely & caché
plus d'vne demie-heure. Maistre Raymond Moreau, & autres s'applique-
rent à le retirer en diligence : & Antoine Arnaud son cousin germain, le
tira avec vne corde de ce fleuue ra-
pide par vn tres grand bon-heur. Et
ô surcroist de grace ! On trouva qu'il
n'avoit point beu d'eau durant le
grand espace de temps qu'ils y avoit
esté plongé. Deux heures aprés, il
estoit aussi sain & gaillard, qu'auparavant cét accident : & Messieurs
ses parens reconnoissans cette insigne
faveur l'amenerent à Goult le 15.

d'Aouſt ſuivant, où ils firent leurs
devotions, & offrandes, & preſen-
terent vn cierge & vn tableau dans
la ſainte Chapelle, à la ſacrée Mere
de Dieu.

Damoiſelle Suzanne Decoris, s'é-
tant accouchée d'vne fille, avoit
grande abondance de laict : mais le
tetin gauche s'eſtant enflé prodigieu-
ſement, & perdant encore le laict du
droit, durant pluſieurs jours ; on vſa
de differens remedes ſans en pouvoir
tirer aucũ vtile effet. Mr. Iean Baptiſte
Decoris, & Damoiſelle Suzanne de
Chivali ſa mere, firent vœu pour elle
à N. Dame de Lumieres, & y firent
celebrer vne Meſſe. Pendant qu'on
faiſoit le ſaint Sacrifice, elle fut delivrée de ſes infirmités, & recouvra
non ſeulement le laict, mais auſſi la
ſanté. Comme apréſ avoir fait ſes
prieres en la ſainte Chapelle de
Goult, s'eſtre confeſſée, & avoir communié, elle depoſa & ſigua avec la
ſuſnommée Suſanne de Chivali, &
Monſieur d'Hortigues Iuge, ſelon les
formes ordinaires.

I'é

I'Ecrirois fans fin, s'il falloit que ie
racontaffe tous les miracles & toutes les graces receuës aprés l'invocation de N.Dame de Lumieres : & au
lieu de faire vn livret,il faudroit écrire des volumes entiers. C'eft pourquoy de peur d'eftre trop prolixe, ie
décriray le plus fuccinctement encore
vne partie des graces accordées,& des
miracles opérez par l'interceffion de
la Mere de Dieu, depuis que noftre
Religion à commencé de la faire in-
voquer,& de la reclamer fous le tiltre
de Dame de Lumieres. Car qui pourroit expliquer tous ceux qui ont efté
faits à Goult, principalement, où eft
la fource de cette devotion, & depuis
à Avignon, à Arles, à Oranges, aux
Galades, où nos RR.PP. luy ont érigé
des Autels fous le tiltre fufdit de
Dame de Lumieres? C'eft à mon advis,
la plus belle qualité qu'on puiffe
donner à l'Augufte MARIE, aprés
celle qui eft le fondement & la baze
de toutes les autres; fçavoir eft celle
de *Mere de Dieu.*

N 3

VN de nos Peres, le R.P. de Cen-
tenariis, fut deliuré d'vne violéte
hemorrogie, par l'invocation de N.
Dame de Lumieres, au mois d'Aouſt,
de 1665, aprés auoir éprouué en vain
les remedes humains.

LE 29. dudit mois, Antoinette
Arete, fille d'Antoine, & d'Arnau-
de Monete, du lieu de Bedarides, alla
à Goult remercier la ſainte Vierge, de
ce qu'ayant eſté plongée la nuict
dans vn puits tres-profond, & ſi trouvant perduë, elle invoqua N. Dame de
Lumieres, & aprés en ſortit ſeule ſans
l'ayde de perſonne.

LE meſme iour, Iean Girard fut
mené à Goult à N. Dame de Lumieres, par ſes pere & meré, pour la
remercier de ce qu'il avoit eſté delivré par ſes ſuffrages d'vne relaxation.

LE 30. Antoine Guairel, & Loüyſe
Feraude de la Tour d'Aigues, con-
duiſirent leur fils. Laurens : lequel
eſtant

estant né noir, comme vn charbon
esteint, le 25. Octobre de 1664. &
ayant esté voüé par ses parens, à N.
Dame de Lumieres, receut au mesme
temps vne vive couleur & parfaite
santé.

IEan Godin, ne pouvoit se soûtenir
sur ses jambes, non pas mesme avec
des potances. Sa mere Marguerite de
Brunet, ayant employé inutilement
toutes sortes de medecines & de remedes ; le voüa à N. Dame de Lumieres, & au mesme instant il receut
guerison. Elle en rendit graces à la
sainte Vierge le 31. dudit mois.

LE feu se prit à la maison de Françoise Greparde de Caron, habitante aux Barons, dans vne chambre
qui estoit remplie de sarmens : Elle
implora le secours de N. Dame de
Lumieres ; & elle jetta vne Image de
ladite sacrée Vierge dans le feu, qui
estoit pris aux poutres. Au mesme
temps il s'appaisa : & elle en rendit
graces le cinquiéme de Septembre de
1665. dans la sainte Chapelle.

Le

LE 9. dudit mois Catherine Ey-
riere de Vitrole, ayant esté incommodée de deux tayes à ses yeux, devint aveugle : mais ayant invoqué N.
Dame de Lumieres, elle recouvra la
veuë, & vint s'acquiter de son vœu.

LE dixiéme du mesme mois, Marie
de Castagnier, habitante de Chus-
dan, vint rendre vn vœu qu'elle avoit
fait à N. Dame de Lumieres. Elle
avoit receu par infortune vn coup de
mousqueton à vne de ses joües, tiré
de six pas proche d'elle. On croyoit
qu'elle mourroit de cette blessure:
mais après s'estre voüée à la Reyne
des Anges, & s'estre fait appliquer les
remedes vtiles, elle receut parfaite
guerison. La verité de la grace receuë
fut signée en sa presence, par Messieurs Chabert Prestre, & Brudai-
gne Viguier.

L'Onziesme dudit mois, Lucresse Castinelle amena sa fille,
Marguerite Bonnefons, à Lumieres,
pour rendre graces avec elle : de ce

N   4

qu'ayant esté affligée d'vn retrecisse-
ment aux mains, en telle sorte que ses
doigts s'estoient repliez en bas, avec
de grandes douleurs, qui luy durerent
l'espace de deux mois : Elle implora
le secours de N. Dame de Lumieres,
& sa susdite fille receut sans remedes
humains entiere guerison.

AV mesme jour, Iean Baptiste
Guerin (fils de François, & de
Lucresse Blachiere de Cisteron) qui
avoit esté affligé d'hydropisie quatre
ans entiers, & tellement estropié qu'il
ne pouvoit marcher en aucune façon,
fut guery aprés l'invocation de nôtre
Dame de Lumieres.

LE troisiéme Octobre du méme
an 1665. Mr. d'Ambrun, habitant
de Carpentras, vint rendre graces à
N. Dame de Lumieres, de ce que tirant vn pistolet, qui se creva & rompit
en plusieurs parties, & le priva de la
veuë, luy ayant percé l'œil, il fut delivré de la mort, ou du moins d'vne infirmité tres-dommageable : au mesme
instant qu'il invoqua la Ste. Vierge.

Clau

Claude Ianin, du lieu de Mon-
dragon, naquit les yeux fermez,
& demeura en cét estat sans les ouvrir
durant l'espace de six mois. Son pere
& sa mere, firent vœu pour luy à N.
Dame de Lumieres, & il ouvrit les
yeux & fut delivré de cette infirmité.

Gabrielle Preysse, fille d'André &
d'Eve Mauniere, devint muette
& estropiée des pieds & des mains,
par vne longue maladie. Sesdirs parens implorerent l'assistance de N. D.
de Lumieres ; & en moins de demie
heure aprés leur vœu, elle qui avoit
les mains & les pieds de travers, marcha, se servit de ses membres, comme
si elle n'eust jamais esté malade, & fut
remise en parfaite santé. Ils s'acquit-
terent de leur vœu estans venus à
Goult le 12. d'Octobre de la susdite
année.

Vn petit enfant de la Paroisse de
S. Remy ville de Provence, étant
dans le berceau, âgé seulement de dix

à onze mois, fut mal-traité d'vn chien qui luy mangea les testicules , & la verge. Son frere s'estant approché du berceau, regardant cét accident & le sang épanché, appella son pere & sa mere ; lesquels trouvans ce piteux spectacle,appellerent Mr. Dany Chirurgien fort habile , qui iugea , avec tous les parens, & amys , cette playe incurable. Ils invoquerent N. Dame de Lumieres,& contre toutes les esperances humaines , qui ne pouvoient attendre que la mort de l'enfant ; ils le firent panser, & il receut guerison. Ses parens l'amenerent rendre graces à Goult : vn nombre sans nombre de Pelerins l'y admira beau comme vn Ange. Nous l'y vismes,& depuis ie l'ay encore veu chez ses parens à S. Remy, dans vne entiere guerison , & y ay derechef loüé la puissance de Dieu,& l'efficace de l'invocation, & des intercessions de nostre Dame à Lumieres.

VN des enfans de Mr. Gautier, de la ville de Carpentras , estoit muët, il y avoit long-temps, & outre cela , il bransloit la teste continuellement
ment

ment. Messieurs ses parens ayans inutilement employé tous les remedes
imaginables , pour le delivrer de ces
deux maux , dont la cause estoit in-
cognuë aux plus habiles medecins;
l'amenerent à N. Dame de Lumieres.
Ils y donnerent leurs offrandes, & y
firent celebrer quelques Messes, &
aprés leur saint Pelerinage , leur fils
fut exempt du bransle estonnant &
violent de sa teste, sa langue fut dé-
noüée , & il commença à parler avec
facilité. Le tableau qu'ils firent faire
depuis & qui est attaché au parois de
la sainte Chapelle, témoigne le miracle : l'ay veu l'enfant dans les deux
estats, de ses deux infirmitez, & de sa
double guerison ; Ie luy parlois la
premiere fois , croyant qu'il me ré-
pondroit, mais ses parens suppleérent
pour luy , en m'apprenant qu'il estoit
muët & sans parole. Et lors que la
seconde fois il fut amené par Mademoiselle sa mere , pour rendre des
actions de graces bien amplement à
la Mere de Dieu ; ie luy parlois tous
les jours, & il me répondoit distincte-
ment sans peine , & agreablement sur
                                    tou

toutes choses à la consolation de
tous les Pelerins, & des habitans de
Goult durant vne neufvaine, depuis
laquelle il est en parfaite santé, par la
faveur de nôtre Dame de Lumieres.

ANtoinette Latar âgée de douze
ans, (fille de Laurens Latar, &
de Perrine Laurence, habitans de la
ville de Boulene, dans le Comté Ve-
naissin, Euesché de saint Paul)
fut estropiée, & reduite dans vn extrême & pitoyable état, par la chente
d'vne cheminée, qui l'accabla il y a
environ deux années sur le soir. En
telle sorte que son pauvre corps ayant
été courbé d'vne maniere étonnante,
& qu'on n'avoit jamais veüe jusqu'a-
lors, sa teste estoit pliée entre ses
pieds, & sa face tournée vers le gras
& le derriere de ses jambes. La difficulté de l'empescher de mourir en
cette infirmité deplorable, & tout à
fait desolante, fit qu'apres avoir épreu-
vé les remedes des Medecins, Apo-
thicaires, & Chirurgiens charitables:
Pour tâcher de changer cette posture
inoüye, & étrange, mais toûjours

O

sans aucun heureux succez, & inutilement; On essaya de luy donner à boire avec vn entonnoir, ayant levé ses pieds & sa teste en haut, comme on feroit à vn limaçon enveloppé en sa coquille qui a sa teste pliée, & repliée avec son corps du costé de sa queuë : ou comme vn levrier, lors qu'il est endormy la teste entre ses pieds. Cette façon ne pouvant reüssir sans l'incommoder extrémement, on resolut, & on executa, avec vne charité vrayement Chrestienne, de luy donner à boire, & à manger du costé des talons, en luy mettant dans la bouche du pain trempé dans l'eau, le vin, ou le potage. Cette pauvre mandiante & miserable infirme, avoit souvent oüy parler des miracles insignes & frequens, qui se faisoient dans la sainte Chapelle de hôtre Dame de Lumieres. Et entendant dire que la Compagnie des Penitens blancs de ladite ville de Boulene alloit en Procession en ce lieu de merveilles, le jour de saint Barthélemy de grand matin ; elle pria sa mere d'y envoyer dequoy faire dire vne Messe, pour

demander

demander ſa gueriſon à la Mere de
Dieu. Celle-cy n'ayant rien pour cét
effet, & eſtant en fort grande indigence, emprunta de l'argent d'vne
de ſes voiſines : & le donna à Catherine ſa commere, qui avec pluſieurs
hommes, femmes, & enfans ſuivirent
la Proceſſion juſqu'à Goult, où elle
le delivra aprés avoir veillé la nuict.
Et ô miracle ſignalé de la Toute-puiſ-
ſante main de Dieu, & inſigne efficace de l'interceſſion de l'Auguſte
M A R I E ! à la meſme heure que leſ-
dits Penitens faiſoient l'offrande dans
la ſainte Chapelle de Goult, entre
onze & douze du matin, durant le
ſacrifice de la Meſſe : (& que la pauvre infirme prioit Dieu, & demandoit le ſecours de N. Dame de Lumieres, le jour de ſaint Louys le 25.
d'Aouſt 1665. à Boulene, qui eſt éloignée & diſtante d'environ quatorze
lieuës de Goult ;) La pauvre crea-
ture s'écria dans le lict où elle avoit
eſté miſe, par ſes parens ; & dont elle
ne pouvoit ſortir ſans l'ayde des bras
d'autruy. Les voiſines accoururent à
ſes cris qui furent pourtant ſans dou-

leur, mais perçans & veheméns. Elle
dit, *Voisines je suis guerie : Ne voyez*
vous pas nôtre Dame de Lumieres,
qui me leve. Elle sortit du lict sans
l'ayde de personne : elle commença
à marcher ; sa teste fut remise en son
premier estat & siege naturel ; & elle
alla par les ruës de la ville à la consolation de tous les habitans. Ce miracle, & toutes les susdites circonstances sont notoires à toute la ville
& aux villages qui sont proches : &
je l'ay écrit en presence de Monsieur
Loüys Fouque Curé perpetuel de
Boulene, de Monsieur Ieah Baptiste
Granat Docteur és Droicts, & premier Consul de la ville, & de Monsieur Raymond Rocher, Greffier &
Secretaire de l'Officialat le 10 de
Ianvier 1666. Monseigneur l'Evesque de S. Paul en a entiere connoissance, & a fort approuvé le dessein
de le publier, & de le mettre sous la
presse : pour la gloire de Dieu, &
pour l'honneur de la tres-sainte Vierge. Ce digne Prelat m'a témoigné
beaucoup de joye, de ce que nous
avons donné à cette Reyne des Anges,

ges, le titre de *Dame de Lumieres* : &
de ce que par son intercession les in-
fidelles & les pecheurs, quittent les
tenebres de l'heresie & du peché
dans la sainte Chapelle de Goult par
de solides conversions, qui sont les
plus admirables miracles.

F I N.

TRAITE'

TRAITÉ
DES LVMIERES
DE GOVLT.

VTRE ce que j'ay raconté des guerisons miraculeuses, & instantanées de tout genre d'infirmitez: des confessions pieuses, & admirables : de l'affluence des Pelerins de toutes parts, des deux sexes, & de tous âges: & des conversions heureuses de plusieurs heretiques; Les Lumieres lesquelles paroissent souvent dessus, & aux environt de la sainte Chapelle de Goult, font vn surçoist de persuasions autant efficace que rare : pour nous faire avoüer que la sainte Vierge a choisi cét endroit par vn amour certes bien singulier. Ces feux, ces flammes, ces lueurs, ces clartez que Monsieur de Beaumont appelle par vn traict digne de son esprit, *Meteore*

teore miraculeux ; dans les devotes
Stances qu'il a fait Imprimer en Avignon ; & dedié à Monsieur le Baron
de Brancas, (lequel a veu & admiré
lesdites Lumieres avec Monsieur le
Marquis de Beauchamp, & plusieurs
autres Personnes de differentes conditions, & partant en parle en témoin oculaire,) font juger que la sacrée Mere du Soleil de Iustice a mis
en ce saint Lieu vn Thrône de ses liberalitez, de ses bien-faits, & de ses
graces.

Les plus vieilles personnes du terroir de Goult, & mesme des villages
voisins, se souviennent d'avoir veu
durant la nuict des Lumieres merveilleuses sur cette Chapelle de nôtre Dame ; quoy qu'elle fut tout à
fait demolie, sans sacrifice, sans Autel, sans tableau, & sans Image. Granier habitant de Goult, âgé de sep-
tante & vn an, auquel appartient le
logis qui est au delà du Coulon vis à
vis la susdite Chapelle, dit que toute
sa vie il a veu les susdites Lumieres.
Les personnes des Paroisses voisines
nous assurent le mesme : & cette ve-

rité eſt dans tout le pays ſans con-
teſtation.

La memoire des vieillards ſe ſou-
vient qu'elles ont apparu ſouvent depuis quarante années à beaucoup de
perſonnes : & qu'on les a veües quelques fois tournoyer deſſus les mazures de la Chapelle de la Vierge : &
d'autres fois aller à l'entour ſur la
terre. Maiſtre Antoine de Nantes aſ-
ſure qu'il les a ſouvent apperceües, &
regardées depuis quarante ans particulierement : & d'autres diſent qu'ils
les ont conſiderées quelquefois comme voltiger & aller en bon ordre dans
l'air deſſus ce lieu qu'on nommoit
noſtre Dame, & deſſus ſaint Michel,
Chapelle tout à fait pour lors demolie, & depuis rebâtie par nos
ſoings.

Monſieur de la Pierre, Official Forain de Monſeigneur l'Eveſque de
Cavaillon, fit vne information juri-
dique au mois de Fevrier 1663. avec
toutes les formes : ſur le ſujet des ſuſdites Lumieres : laquelle eſt enregi-
ſtrée & inſinuée dans le Greffes de
l'Officiauté. Il dit en ſuite qu'il a apris

de

de plusieurs témoins oculaires qu'ils
avoient veu durant la nuict, (nonobstant qu'il fist alors vne tres-grande
pluye) vne belle Lumiere, grosse
comme vne pleine Lune : & qu'elle
estoit sortie des costaux qui sont au-
tour de la Chapelle. Qu'elle illu-
minoit & éclairoit merveilleusement
les endroits, & les lieux où elle pas-
soit : Qu'elle se divisa en deux parties ; que l'vne qui estoit plus petite
que l'autre se retira loing : & que la
grande alla se fixer au dessus de la
Chapelle. Apres qu'elle eut demeuré
en cét estat & en ce lieu bien vn demy quart-d'heure ; elle entra dans la
Chapelle (par la grande porte, qui
toutesfois estoit tres-bien fermée à
clef.) Personne ne la vit durant vn autre demy quart-d'heure : mais apres
elle sortit dans le mesme estat, & par
la mesme porte. Lors qu'elle fut dehors, on la vit passer sur le torrent
qu'on appelle Coulon, & se réjoin-
dre, & reünir avec l'autre Lumiere,
& retourna estant en sa plenitude sur
la mesme Chapelle : d'où (aprés y
avoir demeuré quelque temps) elle

s'éleva si haut qu'on la perdit de veuë,
& enfin disparut.

Le jour de sainte Catherine 2 5. de
Novembre 1663. quatre personnes
logées à l'hostellerie nommée la
grande Begude de Goult, regarderent
ensemble sur les onze heures du soir
par les fenestres pour tâcher de voir
ces Lumieres merveilleuses. Ils assu-
rerent vnanimement le lendemain, &
ont toûjours dit constamment du depuis, qu'ils avoient veu partir du côté
de la Chapelle de nostre Dame dix
ou douze Lumieres, comme flambeaux en l'air, qui allerent à l'Eglise
Paroissiale de Goult. Qu'elles s'y
arresterent quelque espace de temps,
& que dans le mesme ordre qu'elles
avoient monté, elles descendirent
vers ladite Chapelle, & aprés disparurent.

D'autres personnes ont veu s'éle-
ver du cimetiere qui est proche de ce
lieu, dedié à nostre Dame de toute
Antiquité, vne Lumiere qui alla à la
Chapelle : s'étant élevée, elle se divisa en deux, & ayant fait le tour de
la Chapelle, elles se reünirent visiblement

blement en vne, qui disparut en suitte à leur grand étonnement & admiration. Et le susnommé Vicaire perpetuel de Goult écrit, dans le traité
qu'il a fait de cette devotion, qu'il
vit vne belle Lumiere sur le mesme
lieu, la veille de l'Assomption de l'an
1665. de ses propres yeux sur les dix
heures du soir.

Les Lumieres paroissoient rare-
ment auparavant le premier miracle
qui fut fait, au mesme temps qu'vne
grande & admirable Lumiere envi-
ronna la Chapelle de N. Dame, &
dans laquelle estoit vn Enfant d'vne
ravissante & charmante beauté qui
disparut avec elle au mesme moment de la grace merveilleuse, qui
fut faite à Antoine de Nantes. Depuis
qu'on commença à rebâtir la Chapelle ; ces clartez se virent plus souvent : comme si Dieu eut voulu par
ces lueurs montrer qu'il agreoit le
zele & les charitez du Seigneur &
des habitans de Goult pour reparer
cét ancien lieu de devotion.

Et aprés qu'elle eut esté benite, &
qu'on commença d'y celebrer la
sainte

saínte Meſſe; elles paroiſſoient toutes
les Semaines pluſieurs fois: mais plus
particulierement le Samedy, jour auquel on honore plus ſingulierement
la ſainte Vierge. Et en ſuitte il y eut
auſſi grand nombre de graces accordées, & il s'y fit beaucoup de miracles rapportez au commencement
de cette hiſtoire.

Mais dépuis qu'il y eut vne communauté de Religieux peu de jours
aprés que j'eus pris poſſeſſion de ladite Chapelle, & que par conſequent
on faiſoit en ce lieu plus de prieres, qu'on y offroit plus de ſacrifices
& qu'il y abordoit davantage de Pelerins de toutes parts ; Les Lumieres
ont paru plus ſouvent, en plus grand
nombre, & avec pluſieurs circonſtan-
ces inſignes, & ſignalées.

Quelquesfois on les a veuës aller
de la Chapelle de S. Michel ſur celle
de N. Dame comme vne Proceſſion.
Le plus ſouvent vne groſſe Lumiere
a paru: puis elle s'eſt diviſée en deux:
Aprés elles ſe ſont reünies: & enfin
elles ſe ſont ſeparées en trois , & derechef reünis : puis elles ont diſparu.
Cela

Cela est admirable : & à esté veu de
grand nombre de personnes en jours
divers. On ne sçait que dire là-des-
sus d'assuré : mais s'il m'est permis de
dire mon sentiment , (ce n'est qu'vne
opinion pieuse : & chacun a la sienne,
& n'offence personne en la disant , &
soûmettant le tout à la censure de l'E-
glise ;) I'ay creu que cette grande Lumiere, nous represente l'vnité de Dieu :
les deux nous veulent peut-estre si-
gnifier la generation éternelle du Verbe, & la spiration du saint Esprit, qui
sont des deux divines Processions : &
les trois le mystere ineffable des trois
Personnes de l'Adorable Trinité. Ces
Processions de Lumieres qui vont en
l'air deux à deux (comme des Penitens blancs, ou des Religieux vestus
de la mesme couleur ;) nous peuvent
figurer les Anges qui honorent leur
Reyne dans ce lieu de miracles.
Quoy qu'il en soit ; cela est myste-
rieux.

Quelques Pelerins nous ont assuré
avec serment , avoir veu vne nuict vn
grand Crucifix dans vne grosse &
bien vaste Lumiere ; qui parut sur la

P

sainte Chapelle la nuict comme ils
veilloient avec vne curiosité pieuse
pour voir les Lumieres, aprés s'estre
Confessez selon le dessein de leur Pelerinage. D'autres, & en plus grand
nombre on dit, auoir veu en l'air la
sainte Vierge couronnée & enuiron-
née de rayons admirables. I'ay mesme
representé à ceux qui disoient ces
choses si extraordinaires, qu'il y auoit
du peché mortel, du sacrilege, & de
l'impieté à asseurer cela, s'il n'estoit pas
bien vray. Et que s'ils ne disoient pas
la verité; ils r'emporteroient de leur
Pelerinage leur condemnation, au lieu
de leur iustification : & en coureroient
la malediction de Dieu, & l'indigna-
tion de sa tres-sainte Mere. Car comme il ne faut pas faire du mal, afin
qu'il arriue du bien : *Non sunt facien-*
da mala, vt inde eueniant bona ; dit le
commun Prouerbe, ie leur ay re-
montré qu'il y a peché grief & pu-
nissable d'vne extréme rigueur, de
dire des faussetez, pour exalter les
veritez, & ie fais pour ce sujet ce
nouueau & bien vray Axiome : *Non*
sunt dicenda falsa, vt exaltentur vera.

　　　　　　　　　　　　　　Dieu

Dieu se courrouceroit avec juste
raison, & lanceroit ses foudres avec
justice : & la sainte Vierge qui n'a
point besoin des faux eloges des humains ; les puniroit rigoureusement
par le pouvoir qu'elle a auprés de
Dieu, en qualité de Fille du Pere Eternel, de Mere du Verbe divin, & d'E-
pouse du glorieux saint Esprit.

Il y avoit vn jour plusieurs Personnes à saint Michel qui virent cette
Chapelle (que j'ay rebenie par l'authorité de l'Ordinaire de Cavaillon,
le huictiéme de May de 1664. aprés
avoir fait reedifier le Presbitere : y
estant allé en Procession le jour de
l'Apparition de ce divin Connestable du Ciel) toute embrasée & couverte d'vn feu qui les éblöüit, sans leur
faire aucun mal. Il y avoit aussi la
mesme nuict sur la montagne qui est
vis à vis, nommée *Roque Redonne*,
beaucoup de Pelerins, & entr'autres
des Dames & Damoiselles de la ville
d'Apt, qui y avoient esté menées par
Mademoiselle d'Hortigues ; qui demeuroit pour lors à Goult ; & lesquelles virent aussi la Chapelle du chef de

tous les Anges couverte de Lumieres admirables ; lesquelles estans def-
cenduës sur celle de N. Dame passe-
rent auprés d'elles, les ébloüirent,
étonnerent, & confolerent par la
fuitte.

Il est bien fouvent arrivé que tous
ceux qui étoient là nuict auprés les
fufdites Chapelles ; & fur les deux
petites montagnes ou colines, *Ro-
gué Redonne*, & *Roque Colombiere*,
pour voir les fufdites Lumieres ;
ne les ont pas veuës ; quoy qu'elles y
fuffent à mefme temps, en mefme
nuict, en mefme endroit, & à mefme
heure. Vne pattie des Pelerins crioit à
pleine voix : *Mifericorde*, *Mifiri-
corde*, *mon Dieu Pardon* : *fainte Vierge aydez-moy* : *ah nôtre Dame de Lumieres*, & autres cris femblables. Il y a
auffi eu d'autres nuits, durant lefquelles tous les Pelerins, qui eftoient fur
les lieux, les ont veuës. Surquoy j'ay
fait fouvent les reflexions fuivantes.

Pourquoy tous les malades qui font
venus au faint Pelerinage, ont fait
leurs prieres ; s'y font deuëment Con-
feffez : y ont Communié avec fentiment

ment de pieté : y ont laiffé dequoy
dire des Meffes : y ont fait leurs pre-
fens, leurs offrandes, de bagues, &
de croix d'or, de bagues, croix, lampes, plaques, figures, bras, pieds,
mains, & mammelles d'argent. Pourquoy tous n'ont-ils pas efté gueris,
& n'ont-ils pas obtenu la fin de leurs
Requeftes ; (& pour ne pas fortir du
fujet que je traite en cette feconde
partie du faint Pelerinage, & pour
lequel je forme cette difgreffion, &
grande parenthefe.) pourquoy tous
n'ont-ils pas veu les lumieres ? bien
que plufieurs y ayent paffé plufieurs
nuits, & qu'vne partie de ceux de leur
compagnie les ayent veuës : & que ce
foient perfonnes de confcience, de
probité, & de vertu finguliere, auf-
quels ils ont adjoûté foy ?

Les jugemens de Dieu font incom-
prehenfibles ; fes voyes font fans
doute inveftigables, & tous fes con-
feils profonds, & fes deffeins impenetrables. Toutesfois ô mon Dieu !
toutesfois, ô Dame de Lumieres ! Ie
vous demande la grace d'écrire fur ce
fujet quelqu'vnes des penfées de

P 5

mon debile esprit. Vous m'avez fait
la grace par vne pure bonté d'estre
Chrestien, & Catholique; & d'estre
né dans vn Royaume tres-Chrestien,
& par conséquent tres-Catholique,
puis que ces deux superlatifs sont
termes convertibles dans la Theologie de la grace divine. Ie n'ay garde
de présumer de porter la fonde dans
des secrets qui sont inscrutables aux
hommes, dont je suis le moindre,
estant le plus grand pecheur, & le
plus indigne de vos graces, lesquelles
je reconnois avoir eu en tres grande
abondance, sans en avoir jamais me-
rité vne seule; & dont je suis redevable & coupable par mes omissions.
Agreez IESVS Adorable Sauveur!
éclairez moy par vos suffrages, &
Lumieres, Admirable MARIE! afin
que je ne sorte pas de mon juste de-
voir : que je puisse consoler les bonnes Ames, & devots Pelerins : &
que ceux qui reçoivent vos graces ne
presument pas, & ne s'élevent pas
superbement de vos saintes faveurs.
  C'est à vous que je m'adresse maintenant (ô mon cher Pelerin) vous
                              avez

avez eu bonne intention lors que vous avez projeté d'entreprendre le saint Pelerinage. Vous vous estes Confessé, & avez mis vôtre conscience en bon estat : où du moins vous avez fait vn ferme propos de pourvoir serieusement à l'affaire de vôtre salut dans la sainte Chapelle. Vous avez sacrifié vos interests à Dieu, quittant pour vn temps vôtre famille, vos enfans, vos serviteurs, & vos affaires : Vous avez fait des frais dans les chemins, & dépancé beaucoup. Vous estes arrivé au lieu où se font tant & tant de miracles ; & où tant du Lumieres internes échauffent les cœurs les plus endurcis, & touchent tres-sensiblement les ames des pecheurs & des justes. Vous vous y estes acquité de tous les devoirs d'vn bon Chrestien : vous y avez fait vne Confession bien entiere, & conditionnée, aprés des recherches exactes du fonds de vôtre cœur : vous avez fait vos prieres avec humilité profonde, charité cordiale, resignation totale, & parfaite conformité à la volonté adorable de Dieu. Vous y

avez presenté vos vœux , & vos offrandes à Dieu , & à la sacrée Vierge:
Vous avez mesme jeûné & fait l'au-
mône aux pauvres, sans vanité & sans
ostentation : & vous avez presenté
vos requestes , en tout respect, soumission , & hommage. Vous atten-
dez l'effet de vos demandes , & desirez ardamment obtenir l'accomplissement de vos desirs, que vous croyez,
& justes, & raisonnables pour diverses raisons.

Si vous estes exaucé, ne vous en
orgueillisez pas : si vous estes écon-
duit, ne vous affligez pas. Pour vn
plus grand éclaircissement je suppo-
se ce qui suit , afin de ne specifier,
les personnes connuës.

Michel, Gabriel, & Raphael (trois
hommes honorez de ces noms Angeliques) avoient les mesmes incommoditez que vous : & estoient affligez de mesme maladie. Ils ont fait
tous trois le saint Pelerinage, en mesme estat, que vous & avec les mesmes
circonstances. Deux d'entre-eux ont
reçeu l'effet de leur demandes, & ont
esté gueris miraculeusement : mais le
                                    troisiéme

troisiéme n'a point obtenu l'effet qu'il
estoit venu procurer par son Pelerinage. Pierre, Paul, & Iean avoient
fait ce saint voyage en la mesme maniere sans aucune difference:mais avec
totale égalité ; deux ont esté écon-
duits, & l'autre à esté exaucé. Que
dirons-nous donc à cela ? *Quid ergo
dicemus adhæc ?* Comment resoudre
la question à la consolation de tous
les six , & avec la pure verité ? Trois
ont veu les Lumieres , & trois qui
estoint avec eux n'ont pas veu ces
clartez : trois mille personnes ont
aperçeu ces splendeurs, & trois mille
ne les ont nullement aperçeuës:quoy
que tous eussent les yeux ouverts,
fussent en mesme estat de conscience,
& en mesme proximité des deux saintes Chapelles. Quelle conclusion ?
quelle Resolution ?

Ah! (mon cher Pelerin) il faut
adorer les jugement de Dieu : & se
soûmettre à sa conduite. La guerison d'vne infirmité n'est pas necessaire à salut : non plus que la veüe des
Lumieres de Goult. Il est certain
que plusieurs abusent de leur santé &

& de leurs forces ne les employans
pas pour le service de Dieu, comme
ils sont obligez ; ny pour s'acquiter des devoirs d'hommes raisonnables, Chrestiens, & Catholiques.
Si Dieu donnoit la santé à plusieurs,
en les guerissant de leurs maladies, incurables à l'artifice humain, & à la
science des Docteurs Medecins; peut-
estre qu'ils s'en serviroient pour des
actions déplaisantes à sa Divine Majesté : & à produire des effets qui se-
roient contraires au salut de leurs
ames. Car on ne voit cela, las ! he-
las ! que trop souvent par experience.
Au lieu que d'autres se conservent en
grace, croissent en vertus, & se per-
fectionnent par les infirmitez. *Virtus*
in infirmitate perficitur.

Il faut se mettre en bon estat pour
bien faire le saint Pelerinage : Et chacun doit demander à Dieu par les merites de N. Dame de Lumieres, ce qui
est necessaire pour son ame & pour
son corps ; avec vne parfaite resignation, & entiere conformité à tous ses
vouloirs adorables. Il faut bien prier,
c'est à dire, avec toutes circonstances
requises:

requifes : & attendre l'effet de fes requeftes, dans vne totale & humble
foumiffion. Il donne à vn chacun, ce
qu'il fçait luy eftre neceffaire ou vtile.
Vt fcit ei congruere, & prodeffe. Mais
quelqu'vn dira peut eftre, pourquoy
tous ne font-ils pas gueris ? pourquoy pluftoft celuy-là que celuy-cy,
qui eft fi vertueux, & fi devot? Pourquoy celuy-cy voit-il les Lumieres,
& non pas celuy-la ? Il faut répondre
à ces demandes trop curieufes, premierement avec les Gramcriens :
Querenti vires fit pro ratione voluntas.
Il ne plait pas à Dieu, pour des motifs qui nous font inconnus : & que
nous ne fçaurions penetrer fans vne
grace finguliere.

Quelquesfois, il y a eu en vn feul
jour grand nombre de miracles : car
nous en avons veu jufques à dix fi-
gnalez en vn jour. Et fi evidens, que
tous ceux qui eftoient dans la fainte
Chapelle de Goult, entendoient les
os des paralytiques craquer, & fe fen-
toient émeus par les voix des malades qui crioient : ah ! nôtre Dame de
Lumieres ! eftoient en vn inftant

gueris,

gueris, loüoient Dieu, rendoient graces ; & laiſſoient leurs potences. Et
d'autres jours, il ny a point eu de faveurs viſibles : quoy qu'il y en
ayt eu toûjours d'occultes : comme
ſçavent tres-bien les Confeſſeurs.
Certaines nuicts, & certains jours,
tous ont veu paroiſtre les Lumieres:
& d'autres fois, il ny a eu qu'vne partie des Pelerins , quoy que tous fuſſent en eſtat & en ſcituation pour
eſtre ſpectateurs.

Entre ceux qui les ont venés , il y
en a eu qui en ont fait leur profit, par
des Confeſſions admirables , & des
amandemens de vie. Il y en a d'autres
qui n'ont pas mieux vêcu qu'auparavant , & qui n'ont pas tenu ce qu'on
promet à la veuë de ces Lumieres
étonnantes. Ceux-là ſont loüables:
& ceuy-cy criminels ; & beaucoup
plus coupables que ceux qui ne les
ont point du tout aperçeu. Quelques heretiques qui en ont eſté tou-
chez, ont abjuré l'hereſie & ſe ſont
convertis ; mais tous les autres s'en
ſont ris & mocquez, avec raillerie : à
l'imitation des Sorciers qui obſcur-
ciſſent

cissent pas des broüillards épais, les matinées les plus illuminées. Ne pouvans plus nier la realité & verité de ces Lumieres, qu'ils ont veu de leurs yeux corporels; Ils ont fermé les yeux de leurs esprits, & endurcy leurs cœurs.

Ces aveugles volontaires ont au commencement attribué ces Lumieres aux forces de la nature: aprés ils ont publié que c'étoient des effets de l'industrie des Ingenieurs Chrestiens pour dilater la Religion: & enfin, que sont des productions de l'Art Magique faites par les demons. Sont des errans qu'il faut confondre, & des obstinez qu'il faut illuminer, *ut videntes videant*: en leur montrant par de fortes raisons, & par des argumens solides (quoy que succinctement,) que les Lumieres susdites n'ont leurs causes, que dans les puissans pouvoirs, & merveilleuses energies de la grace.

Mais auparavant, faisons vne parenthese d'vne chose semblable à celle-cy en beaucoup de circonstances arrivée dans ce siecle en Italie;

Q

au Diocese de Ferme. Escoutez vn
sçavant Archevéque & Prince de Ferme Prelat de singuliere erudiction, &
de tres grande probité. (C'est Monseigneur Rinucci) lequel écrit vne
chose semblable en plusieurs circonstances. Voicy comme il parle en
la page 179. d'vn Livre intitulé le
Capucin Escoissois, qu'il a composé
en Italien : & qui a esté depuis tour-
né en François, & Imprimé à Paris.
Cette version me fut communiquée
à Cavaillon, par Madame de Crillon sur le discours des Lumieres de
Goult. Lors que Monsieur le Marquis, Monsieur le Baron de Cha-
teaunol, & elle, m'inspirerent & con-
seillerent de travailler pour l'acquisition de la Chapelle de nostre Dame,
où l'on voyoit ces clartez inoüyes.

Le Terroir de Ferme est arrosé d'vn
petit fleuve qu'on appelle Lété. Sur son
embouchure on voit vne ancienne Cha-
pelle, avec vne Image de la tres-sainte
Vierge. Les plus vieux du pays se sou-
viennent d'y avoir veu de certains Moy-
nes, qui la servoient : & que ceux-cy
l'ayant abandonnée, le Chapitre de la
                              Metropo

Metropolitaine en prit la direction. La
folitude, & la pauvreté du lieu, faifoient
encore que la Chapelle eftoit abandonnée. Ce petit Leté pouvoit fe vanter
d'eftre le veritable fleuve de l'oubly. Ie
ne feray point vne digreffion inutile, ny
hors de propos, quand ie raconteray
les moyens dont Dieu s'eft fervy, pour
rendre cette Chappelle illuftre. La mefme année de la Pefte, on commença de
voir dans les tenebres de la nuict des
feux & des lumieres miraculeufes fur
cette Chappelle. Les Pefcheurs qui jet-
toient leurs filets en haute mer ; & les
Chaffeurs qui veilloient fur terre, furent
les premiers qui virent ce Prodige.
Ceux-cy ayant donné cette nouvelle à
tout le voifinage, non feulement les Idiots
accoururent à ce faint lieu, pour contenter leur curiofité ; mais encore les Doctes
& les Religieux y allerent, pour admirer
cette merveille. Ceux-cy remarquerent,
que ces feux paroiffoient feulement à
certains jours, mais particulierement le
Samedy ; que leurs mouvemens, & leurs
apparitions n'eftoient point vniformes,
comme celles des Meteores, qui fe for-
ment dans les Valées marécageufes, ou

dans les terres grasses; Mais qu'ils paroissent quelquefois en rond, faisant comme une Couronne sur le toict de l'Eglise;
que tantost on les voyoit entrer & sortir
deux à deux de la Chappelle : tantost
s'élancer en l'air comme des fusées, &
puis se remettre en rond, imitant les feux
d'artifice qu'on fait avec de la poudre.
Ce ne fut pas un petit argument, pour
persuader que la chose estoit surnaturelle, de sçavoir que plusieurs de ceux
qui chassoient en ces cartiers-là, furent
saisis d'horreur à la veuë de ces lumieres, & furent poussez par une secrette
violance à se confesser le jour suivant.
Le procez-verbal en ayant esté dressé, je
fus d'avis d'en faire une Feste publique.
Tout à propos, Marie d'Austriche,
Fille de Philippe troisiéme, Roy d'Es-
pagne, qui alloit épouser Ferdinand second, pour lors Roy de Hongrie, vint à
passer par ce pays-là. Toutes les Provinces travailloient pour honorer cette
Reyne; les chemins estoient couverts de
passans. Dans cette conjointure, les tu-
multes estoient agreables, les confusions
& les desordres tournoient à honneur.
Le jour d'apres le passage de cette Prin-
cesse,

cesse ; j'affemblay mon Clergé , & luy parlay en cette sorte. Nous vifmes hier ce que le monde fçait faire pour l'honneur d'vne Reyne de la terre; Aujourd'huy je veux voir ce que nous pourrons faire pour honnorer l'Imperatrice du Ciel. Hier l'Artillerie pour faluër vne Dame , faifoit vn bruit qui montoit au deffus des nuées: l'obferveray aujourd'huy fi les voix d'vne Dame Souveraine du Ciel font écoutées fur la terre. Il eft temps que nous rendions à la Reyne qui eft couronnée d'Eftoilles , des remercimens generaux , & des publiques actions de graces , pour tant de lumieres qu'elle nous a montrées. Allons avec de fainctes prieres , & des hymnes de Fefte , vifiter cette Chapelle ; & pour offrir de plus nobles Victimes que celles qu'on immoloit au paffage de l'Arche, facrifions nous nous mefmes à tous les pas que nous ferons.

A peine j'avois achevé ce petit difcours , que tout le Clergé , avec vn cry de jubilation , témoigna d'agréer mon deffein. Et nous eftans rangez dans vn

Q 3

ordre de devotion , nous allames à pied
visiter cette saincte Chappelle. Les sur-
plis , qui recreoient la veuë par leur
blancheur , estans enflez par vn petit
vent , sembloient estre des voiles , qui
poussoient le Clergé à la Devotion ; Et
les larmes que la Consolation interieure
fit répandre ; firent connoistre à chacun
que cette allegresse estoit bien differente
des contentemens de la terre. Il y eut ce
jour-là vne affluance extraordinaire de
peuple. Cette nouvelle estant répanduë
hors du Diocese, on vid décendre en
cette plage les habitans de la Marche,
Ceux des Alpes, de la Toscane, & ceux
des extremitez de la Calabre , vinrent
porter leurs Offrandes à cette Eglise. Les
tableaux, les vœux, & les dépouilles des
Malades multiplioient sans nombre, &
à la honte des écumes fabuleuses de Venus, chacun se réjouissoit de ce que la
mere des chastes delices estoit née dans
cette mer, & qu'elle tenoit en son sein le
vray Dieu d'Amour. Quelque temps
apres que cette Chappelle commença d'e-
stre frequentée, ces feux miraculeux qui
l'avoient découverte , cesserent de paroistre.

                                    Mon

Mon cher Lecteur, tu as appris main-
tenant comme de mon temps mon Eglise
a esté enrichie de ce grand tresor. Ie te
prie de vouloir que cette circonstance te
serve de raison, pour executer la dis-
gression que j'ay faite : l'avoüe fran-
chement que je ne puis me contenir,
quand je parle de cette matiere, ny m'em-
pescher d'appeller cette bonne Fortune,
le plus haut poinct de ma gloire ; Ie ne
sçaurois moderer ma joye, quand je pense
que je ne puis écrire cette merveille à la
Posterité, sans y mesler mon nom, qui a
esté eslevé à vn si grand bon-heur, qu'il
a quelque portion de gloire dans les tro-
phées de la Vierge.

Cette Histoire écrite par ce Docte
Prelat à bien des convenances avec
celle du Terroir de Goult. La Chapelle estant prez le fleuve dit Limergue (ou selon quelques-vns Lemergue :) elle est ancienne : & elle estoit
servie par des Religieux, lesquels se
retirerent. On y voit les Lumieres,
avec les mesmes effets du concours
des curieux sçavans, & autres : les
apparitions plus ordinaires aux Sa-
medys : les figures quelquesfois rou-

des : les clartez sur l'Eglise : leur entrée & sortie de la sainte Chapelle :
leurs élancements en l'air : leur marche deux à deux : leurs divisions, &
reünions : l'épouvante qui touche
les cœurs pour la Confession : les
Processions, saintes, & les larmes con-
solantes. L'Affluance des Pelerins de
Provence, du Dauphiné, du Languedoc, du Vivarez, & d'ailleurs : les
tableaux, les vœux, les marques des
maladies, & de leurs guerisons : &
tout le reste que je laisse pour entrer
finalement dans les preuves promises.

§. I.

Les Lumieres qu'on voit souvent pa-
roistre proche la saincte Chapelle
de Goult, sur icelle, & tout auprés
à saint Michel, ne sont pas natu-
relles.

CAR de dire que sont des effets
de la pure nature, cette opinion
ne sçauroit subsister pour les raisons
suivantes. Puis qu'elle ne sont ny
l'Arc-en-ciel, qui a vne forme singuliere, & diverses couleurs ajustées
d'vn bout à l'autre également, & les

suittes

fuittes duquel eftant naturelles & ordinaires, font connuës mefme au commun des hommes.

Dire que foient des éclairs, cela
peut-eftre renversé, non feulement
par la fcience des Philofophes qui
fçavent tres - bien leur definition:
mais mefme par les ignorans, qui ont
l'experience contraire, par des fuites
opposées ; & par des effets qu'ils ne
fe voyent jamais aprés les apparitions
des Lumieres de Goult.

Elles n'ont rien qu'on puiffe attri-
buer à ces feux, qu'on appelle vola-
ges : car ceux-cy font badins, irregu-
liers, & inconftans ; & celles-là ont
vne alleure tres regaliere, & des couleurs qui ne font ny inégales ny lan-
guides : quoy que quelquefois leur
clarté foit plus embrasée, & tienne
plus du feu. D'où vient que lors qu'elles ébloüiffent, elles font bien plus
d'impreffions dans les ames ; & tirent
de hauts cris, pour implorer le pardon des pechez, & le fecours de la
fainte Vierge qui eft la Mere de la
mifericorde.

Les Cometes naturelles ne font
Q 5.

point de la mesme nature : car elles paroissent à guise d'étoiles qui ne s'écartent pas toûjours d'vn cours égal & vniforme du lieu, où l'on les apperçoit : & qui aussi durent souvent long-temps, mais ne disparoissent jamais sans laisser quelque reste de la matiere (dont elles sont composées) ou dans les eaux, ou sur la terre. On a veillé souvent à Goule sans avoir apperçeu aucun de ces effets, en suitte des Lumieres dont il est question : & on n'en a jamais veu aucune laquelle eust vne queuë.

Si elles estoient naturelles, toutes les personnes qui vont pour ce sujet sur les collines voisines les verroient : & souvent il y en a des centaines, qui ne les voyent en aucune façon quelquesfois.

Si elles estoient naturelles on n'y verroit jamais des figures charmantes & ravissantes d'vn Crucifix, de la Vierge, d'vn Ange, ou d'vn enfant : ce que plusieurs asseurent avoir veu. Car pour moy lors que j'ay eu la consolation de les voir, je n'ay veu aucune figures en icelles.

Si

Si c'étoient quelques efpeces pro-
duites d'exhalaifons ; elles ne dure-
roient pas tant comme elles font. On
trouveroit, par curieufe recherche,
les reliques de la matiere de leur
compofition, ce qui eft inoüy & fans
experience. Elles ne fe verroient point
dans le temps de l'Hyver, ny lors qu'il
fait grand froid, & n'éclaireroient pas
quand il fait de la pluye : Ainfi que
font admirablement les Lumieres de
Goult autant, auffi bien, & auffi fouvent que dans les chaleurs de l'Eté.

§. 2.

Elles ne font point Artificielles.

DE vray comment depuis tant
d'années qu'on les voit, n'auroit
on découvert les Ingenieurs, & les
ouvriers de ces lueurs fi extraordinaires ? Ces clartez admirables auroient fans doute, trouvé des curieux
pour rechercher, des langues pour
parler, & des oreilles pour oüyr les
noms de leurs Autheurs.

Qui a fait la dépance de ces effets
fi fouvent, fi long-temps, tant d'années, tant de mois, & tant de nuits:

que

que ces luyſans & prodigieux ſpecta-
cles ont paru ? Certes perſonne n'auroit youlu fournir aux fraiz immen-
ſes pour cela.

Pour qu'elle cauſe ? pour quel motif? à qu'elle fin? à quel deſſein, auroit-
on fait cette dépance ? Quels fruits la
concupiſcence, l'avarice, & la ſuper-
be pourroient-elles en tirer ? ſans
doute l'intereſt, pour qui les artiſans
travaillent, ny peut trouver ſon
compte. L'art eſt tout àfait impuiſ-
ſant pour faire de ſi belles, vniformes,
ſingulieres, & rares productions. Les
milliers de perſonnes qui ont veu ces
Lumieres, & les ont conſiderées long-
temps & attentivement depuis deux
ans ; auroient ſçeu diſcerner, & con-
noiſtre ; & les plus riches curieux
n'auroient pas manqué de faire travailler pour chercher les cauſes &
les effets de ces Ouvrages admirables, dont on n'a trouvé ny les Autheurs, ny les reſtes.

§. 3.

Elles ne peuvent estre les effets des demons.

CAR tout premierement elles ſer-
vent à attirer les peuples à venir
en Pelerinage à Goult pour ſervir
Dieu, glorifier la ſacrée Vierge, &
honorer ſaint Michel chef de tous
les bons Anges, qui ſont les Triom-
phateurs de Sathan, & de tous les
mauvais Anges : Apoſtats qui n'ont
garde de contribuer à des actes de devotion, d'hommage, & de pieté, dont
ils ſont éternels ennemis.

En ſecond lieu. Quand leſdites Lumieres paroiſſent ; les ſpectateurs
eſtans étonnez par vne choſe ſi extraordinaire font pluſieurs ſignes de
Croix. Ces ſignes ne peuvent eſtre
ſupportez des demons : mais les
Chreſtiens chaſſent par eux les Diables. De ſorte que ces eſprits mal-
heureux ayans vaincu Adam par le
bois fatal du Paradis terreſtre ; ſont
vaincus par le ſigne de l'Arbre de la
Croix. *Vt qui in ligno vincebat, in
ligno quoque vinceretur.*

R

En aprés, il est constant que ces esprits reprouvés, les Magiciens, ny les Sorciers ne sçauroient faire quoy que ce soit, que par la permission de Dieu. Or est-il que Dieu ne souffriroit pas ces effets dans vn si saint lieu; dans lequel il fait continuellement vn si grand nombre de Miracles : & qui est rebâti, & orné pour y honorer la Mere du Sauveur, par l'invocation de laquelle on y obtient tous les jours tant de faveurs, & de si grandes graces.

De plus, la curiosité ayant fait venir en ce lieu plusieurs personnes pour voir vne chose si extraordinaire, comme croyans qu'elle est de Dieu : veu la creance vniverselle, & l'estime publique des sçavans; Dieu ne voudroit pas permettre que les peuples pieux fussent trompez par le malin Esprit qui est l'ennemy cruel de la nature humaine.

En outre, toutes & quantes fois que les personnes voyent les Lumieres, dont il est question ; vn chacun est au mesme temps touché interieurement. Il se repent d'avoir offencé Dieu : Il

demande

demande pardon : Il crie misericorde , & prend resolution de se mettre
en bon estat auprés de Dieu ; par l'invocation de la tres-sacrée Vierge,
qu'il reclame pour lors, & dont il demande le secours avec les remords
de conscience,

Enfin, les spectateurs de ces Lumieres se sentent comme forcez de
se Confesser le lendemain : & ne
croyent pas le pouvoir assez tost faire.
Car ils éveillent les Confesseurs à
minuict, à vne heure, & à deux , &
quelquesfois auparavant : pour leur
découvrir des secrets impenetrables
à l'esprit humain, autrement que par
les voyes de la foy , l'vsage des oreilles, & par le Sacrement de Penitence.

Ces effets admirables & vtiles aux
fidelles ; Les saintes Communions
qui se font en suitte (en si grand nombre que je croy avoir distribué moy
seul pour ma part en vn seul jour de
saint Louys, six ou sept mille Hosties
consacrées, en vne matinée jusques à
n'en pouvoir plus , quand enfin je
peus quitter le Rochet & l'Etole.
Les pieuses resolutions, & les fermes

Propos d'amander sa vie : l'argent débourcé pour faire dire des Messes : les offrandes inspirées & faites pour rebâtir, orner & enrichir les Chapelles de Nostre Dame, de saint Michel, & de saint Ioachim : Les touches puissantes de quelques heretiques qui se sont convertis en suitte, & ont abjuré leurs erreurs dans la sainte Chapelle. Tout cela n'a peu avoir eu les demons pour sa cause.

Car personne ne peut croire, s'il n'est dépourveu de jugement, & n'a perdu le sens commun ; que les diables voulussent, faire des choses qui leur tourneroient entierement à prejudice. Ils n'ont garde de travailler à leur plus grande ruine : ny de contribuer à glorifier Dieu qui les a damnez, MARIE qui les a terrassez, saint Michel qui les a combatus, vaincus, & abbatus dans le fonds de l'Enfer. Escoutez la sagesse eternelle enseigner vne infaillible verité par cét interrogant : *Si Sathanas in se diuisus est ; quomodo stabit Regnum ejus ?*

§. 4.

§. 4.

Elles font furnaturelles.

C'Eſt ce qu'il faut conclure, des évidentes refutations : par leſquelles j'ay preuvé demonſtrativement que leſdites Lumieres ne ſont ny naturelles, ny artificielles, ny diaboliques. C'eſt pourquoy il ne faudroit rien adjouſter, outre les raiſons qui montrent la fauſſeté des ſuſdites opinions qui ne peuvent ſubſiſter par les arguments cy-deſſus alleguez.

Ie croy toutesfois qu'il eſt bon de tâcher de ſatisfaire aux vns & aux autres, autant que je pourray, reduiſant pluſieurs choſes en Epilogue.

1. Les ſuſdites Lumieres ne ſont ny l'Arc en-ciel : ny des feux folets : ny des Cometes : ny autres effets des vapeurs, & des exhalaiſons.

2. On n'a point connu les Ingenieurs, ny les Ouvriers de ces productions : on n'a peu découvrir ceux qui auroient fait les fraiz : le deſſein, & la fin ſont tout à fait inconnus : perſonne ne peut en tirer intereſt : l'art ne les peut produire.

R 3

3. Les demons ne contribuent jamais aux choses qui attirent à l'hommage de Dieu, à l'honneur de la Vierge, & au culte des Saints. Les signes de la Croix les chasseroient indubitablement. Ils ne peuvent operer que par la permission de Dieu : & Dieu ne le souffriroit pas pour les raisons sus-alleguées. Ils ne touchent pas les cœurs pour la devotion. Ils n'aymient pas les Confessions, abhorent les Communions, les Saints Pelerinages, les reconciliations, les conversions, & les miracles. Sathan ne se fait pas la guerre, & ne se combat jamais soy-mesme.

Ces Lumieres sont cause que cette devotion a esté renduë plus considerable, & plus dilatée comme estant singuliere. Elles ont consolé les fideles, épouvanté les pecheurs, & converty les heretiques : & partant elles sont des instrumens pour le salut de l'homme. Sont des coups du Ciel procurez par l'ineffable MARIE qui veut faire éclater son pouvoir en ce lieu. Pour moy je croy aprés y avoir mille, & mille fois pesé qu'elles

ne

ne peuvent eftre qu'vn effet de la grace : Car la nature né paffe jamais en
vn inftant d'vne extremité à vne autre. Les plus clair-voyans & perfonnes pieufes font de ce fentiment : &
eftiment que ce font des fignes que
Dieu fait paroiftre par le miniftere
des Anges bien-heureux Gardiens &
Protecteurs des deux Chapelles:pour
montrer qu'il veut operer de grandes
merveilles en ce lieu. Il ne faut pour
vne preuve fuffifante , que reflechir
fur les effets furnaturels , des malades
incurables gueris, des pecheurs jufti-
fiez, & des heretiques convertis dans
le Pelerinage de la fainte Chapelle
de Goult , que depuis tant de clartez
& d'éclatantes merveilles nous ap-
pellons avec raifon la Chapelle de
Noftre Dame de Lumieres. Le croye
qui voudra : Ce n'eft pas vn Article
de foy ; mais c'eft l'opinion de plufieurs perfonnes Doctes & vertueu-
fes : les effets en fon bons, les fuittes
falutaires. Ainfi que ceux de la Chapelle qu'à écrit feu Monfeigneur Rinucci (que j'ay cité cy-deffus) Archevéque & Prince de Ferme en Italie.

R 4

Pour finir ce traité des Lumieres, qui fait la feconde partie du faint Pelerinage : la premiere contenant l'Hiftoire des miracles ; j'ajoufte ce qui fuit. Outre les Meteores qui n'ont que des caufes naturelles, Dieu en montre d'autres aux hommes par le miniftere des Anges, ou des demons : quand il luy plaift de leur parler par des moyens extraordinaires. L'Empereur Augufte qui afpiroit à la Divinité fut averty de quitter fon orgueil, lors qu'vne Sybille luy découvrit en l'air vne Vierge qui tenoit vn Enfant entre fes bras, & qu'il entendit les parôles fuivantes : *Voilà l'Autel du Ciel.* On peut dire le mefme de l'Etoile qui conduifit les Roys Mages dans la créche de Bethleem : car l'opinion la plus commune des Saints Peres & Docteurs Catholiques, eft que ce fut vne Comette vtile aux hommes ; parce qu'elle annonçoit la pretieufe naiffance du Sauveur. On peut encore dire le mefme des armées que quelquefois on aperçoit en l'air pour faire connoiftre (comme je croy avec plufieurs) que Dieu eft

courroucé

couroucé, qu'il veut châtier les hommes par les fleau de la guerre, & pour ce sujet il les avertit de faire penitence, s'ils veulent éviter l'effet de sa juste colere. En ce sens les Lumieres de Goult si extraordinaires, peuvent estre des productions que Dieu feroit faire par ses Anges bien-heureux: où qu'il forceroit les demons malheureux de produire, leur en donnant puissance. Afin de causer vne joye accidentellé à ceux-là, en appellant les peuples dans les Chapelles de Nostre Dame, sacrée Mere du Sauveur du monde, & de saint Michel leur Prince, triomphateur de Lucifer, pour les y honorer, & pour faire que l'effroy, que cause la veuë de ces Lumieres dans l'ame des spectateurs, qui les excitent à se Confesser, & faire penitence ; leur soit vn sujet d'Allegresse dedans le Paradis. *Gaudium est in cœlo super vno peccatore, pœnitentiam agente.* Et afin de punir les Diables ausquels le culte des hommes envers la sainte Vierge ; & l'honneur qu'on porte à saint Michel, & en sa personne à nos Anges Gardiens dont

R 5

nous ignorons les noms ; sont de
tres-grands supplices.

Cette nouvelle devotion de noſtre
Dame de Lumieres a eſté erigée dans
vn temps auquel le zele & la pieté des
Prelats de l'Egliſe, la probité & la
ſcience des Eccleſiaſtiques ſeculiers,
& les Reformes & études des Religieux, illuminent plus que jamais la
France. La Providence Divine la ſuſ-
cite dans vn Regne, auquel le courage & la vertu du Roy & de la Reyne,
aydent les vns & les autres, à dompter
l'hereſie : & à reduire les errans au
gyron de l'vnique & veritable Egliſe.
Ces pauvres dévoyez doivent plus
que jamais ouvrir les yeux de leurs
eſprits, pour conſiderer les tenebres
de leurs erreurs : Afin de s'en retirer,
& ſe ſoûmettre volontairement aux
ſalutaires influences de la foy Catholique. Il eſt temps qu'ils avoüient, que
leur Religion pretenduë Reformée,
a eſté pernicieuſement conceuë, &
malheureuſement établie par des
hommes méchans & criminels : &
qu'elle eſt ſans ſucceſſion, & ſans miracles. Au lieu que la nôtre eſt l'V-
niverſelle

niverſelle ; puis que dans tous les
Royaumes, Provinces, Villes, & lieux,
où elle eſt établie on préche la méme
doctrine, ſans diviſion, & ſans iné-
galité dedans vn ſeul Article. Il y a
vn chef infallible dans la noſtre, en
matiere de foy, pour reſoudre en
dernier reſſort les doutes & les diffi-
cultez de la croyance: IESVS-CHRIST
l'a toûjours pourveuë d'vn Vicaire
Succeſſeur de S. Pierre : & la leur n'a
jamais eu vn ſeul miracle pour la confirmation de ſa Doctrine. Toutesfois
la ſucceſſion, & les miracles ſont les
ſignes aſſurez & infaillibles que Dieu
aſſigne dans le ſaint Evangile : pour
diſcerner la veritable Egliſe d'avec
la fauſſe Religion. Les merveilleuſes
gueriſons faites à Goult, depuis peu
d'années en des inſtans, & partant
ſurnaturellement (car la nature, &
l'art, n'agiſſent que ſucceſſivement en
leurs productions ;) ſont ſi convain-
cantes, qu'ils ſeront inexcuſables, s'ils
ne ſe convertiſſent. Il y a dans la Parroiſſe de Goult des perſonnes qui
eſtoient de leur ſecte : & qui ſe ſont
rāgez dās la vraye Egliſe, ayans receu
des

des guerisons corporelles dans la sainte Chapelle aprés avoir invoqué la sacrée Vierge, & promis d'abjurer l'heresie. Les muets qui ont receu la parole, les boiteux la droiture, les paralytiques la santé, les aveugles la clarté, &c. Sont encore vivans, marchans, entendans, parlans, & racontans les graces qu'ils ont receuës par les suffrages de l'Auguste MARIE. C'est vn Soleil qui rehausse son éclat, mesme par les tenebres; en les chassant par des voyes admirables: sa lumiere est salutaire aux hommes, & funeste aux demons. Il est ravissant par ses beautez: son energie est efficace dans la terre: ses regards sont favorables, ses influences douces, & ses Lumieres profitables. Il brille au milieu de la confusion de l'heresie, des pechez, & du monde, dont il veut chasser les obscuritez spirituelles & les volontaires aveuglemens: Il éclaire pour faire la felicité de la nature humaine, & cooperer avec vn autre Soleil infiny, dont il est l'effet, & la cause par vn miracle inexplicable, & tout à fait inconcevable sans la surnaturelle Lumiere de la foy.   Ie

Ie n'ay mis en cette Hiſtoire qu'vne partie des Miracles arrivez depuis deux ans à noſtre Dame de Lumieres pour les raiſons ſuivantes. 1. Pluſieurs n'ont pû eſtre écrits à cauſe de l'occupation des Preſtres, pour Confeſſer, jour & nuict, celebrer, Communier & ſervir vne continuelle affluence de peuple. 2. Il y en a eu qui ſe ſont contentez d'avoir reçeu les graces qu'ils avoient demandées : & s'en ſont allez tous joyeux ſans les declarer.

Les vns ont porté leurs bandages & les ont laiſſé à S. Michel ſecretement : n'ayans oſé les preſenter eſtans trop ſales. Les autres ont reçeu des gueriſons qu'ils n'ont deu ny voulu dire qu'aux Confeſſeurs, pour de bonnes raiſons, qui concernoient l'honneur de leurs familles, & leur reputation. Si on vouloit mettre toutes les graces reçeuës dans la ſainte Chapelle de Goult; Il faudroit non pas vne petite Hiſtoire *in duodecimo* : Mais vn Volume entier.

C'eſt vne choſe prodigieuſe qu'on voye dans vn lieu (où il n'y avoit il y a trois ans qu'vn reſte de mazures

S

d'vne ancienne Chapelle,) vn village à prefent, des Logis, Hofteleries, Boutiques, & Merciers. Qui à fait tant de perfónes y venir en Pelerinage, y faire dire des Meffes, prefenter des offrandes, donner des aumônes, & fournir aux frais du féjour, & même des neufvaines ? C'eft la Mere de Dieu, éclatante des plus purs rayons de la grace parmy les plus épaiffes tenebres du peché! Qui a attiré en ce defert des Archevéques, Evéques, Abbez, Chanoines, Curez, & tant de Preftres & Religieux de tous les Ordres ? C'eft l'Augufte, MARIE, par les Miracles de fes interceffions, & les merveilles des Lumieres, Qui y a fait faire tant d'accords, affoupy de procez, conclure de Mariages ? C'eft l'Aftre de la Paix. O fainte Mere-Vierge! ô Beauté du Carmel! Que les effets de vôtre bonté font adorables! Ie ne me lafferois jamais de les publier, & de les admirer; Mais il faut finir cette premiere Impreffion des graces fi admirables, des Miracles fi extraordinaires, & des faveurs fi confolantes, que leur fouvenir ne fortira jamais de mon cœur, ny vos loüanges de ma bouche.

LISTE DES PROCESSIONS,

Qui sont allées au saint Pelerinage de N. Dame du Lumieres les trois années dernieres 1663. 1664. 1665.

L'An 1663.

EN OCTOBRE le 14. jour du mois, la Procession generale de la Ville de Menerbe tant des Penitens blancs, que des autres habitans, y alla en fort bel ordre par la vigilance, & la pieté des vns & des autres : soubs la direction de Monsieur le Curé accompagné de tous les Prestres.

Le 4. jour de Novembre la Procession generale de Gordes, des Ecclesiastiques, des Penitens blancs, & d'vne grande multitude de peuple.

Le 10. jour du mesme mois Messieurs le Prevost & Chanoines de l'Eglise d'Oppede, accompagnez des Messieurs les Penitens blancs dudit Lieu, & de beaucoup d'autres personnes y allerent en Pelerinage, y firent leurs offrandes, & presenterent leurs vœux.

Le jour suivant qui estoit vn Dimanche la Compagnie des Penitens blancs de Bonnieux fut avec beaucoup de Pelerins en fort bon ordre au mesme lieu miraculeux.

Messieurs les Prestres de Roubion le 18 jour du même mois, y allerent avec les Penitens blancs du mesme lieu ; & y offrirent vn gros cierge de cire blanche, en témoignage de leur veneration.

En Decembre la Procession de la Parroisse de *Roussillon*, alla à la sainte Chapelle de Lumiere ; & Messieurs les Consuls y offrirent & y laisserent à l'offrande vn gros cierge blanc, avec les armes au nom de leur Communauté.

Le second jour de Decembre, le jour de la Conception Immaculée de la tres-sacrée Vierge, huictiéme dudit mois, la Procession generale de *Goult* tant des Prestres, que des Penitens blancs, & autres personnes de toutes conditions y retourna. Aprés que la grande Messe y eut esté chantée avec solemnité, en action de graces à Dieu, de ce qu'il daignoit honorer leur terroir, par les merites de sa tres-sainte Mere. Messieurs les Consuls presenterent deux grands cierges avec leurs offrandes, la priant de conserver leur communauté soubs sa protection.

1664.

Omme le bruit se répandit par tous les lieux circonvoisins, que j'avois pris possession le premier jour d'Avril de ladite Chapelle : & que les Carmes Reformez de la Province de Provence; dont j'étois (bien qu'indigne, & quoy que Religieux, & Profez de celle de Touraine) Commissaire general ; estoient devenus les administrateurs de cette devotion ; Le nombre des pelerins s'augmenta, & s'accreut de beaucoup, & il y vint plusieurs Processions. Voicy la Liste.

En Avril le quinziéme jour du mois, la Procession de *Lioux*, Diocese d'Apt.

Le 27. La Procession de Maubec bien nombreuse.   Le

Le mesme jour celle des Penitens blancs de *saint Savournin.*

Celle des Penitens blancs de la ville *de l'Isle* y vint le mesme jour.

En May la Procession des Penitens noirs de la ville *de Sallon,* y vint le second jour du mois.

Le 3. La compagnie des Penitens gris de Cavaillon.

Celle des Penitens bleufs de Morieres, y arriva le 4.

En aprés vinrent les Penitens blancs *de Mourmoiron.*

Les deux compagnies de Penitens blancs & noirs de la ville de Pernes.

Les Penitens blancs de la ville de Sallon.

La procession de saint Leydier.

Les Penitens blancs de Chateauneuf.

Les Penitens blancs d'Alen.

Les Penitens blancs d'Aigalieres.

Les Penitens blancs d'Airagues.

Les Penitens blancs de Cabanes.

Vne Procession des filles des Granges de Cavaillon.

Le dixiéme du mesme mois de May, les Penitens blancs de saint Savournin du Comtat.

Les Penitens blancs de Sarians.

Les Penitens blancs de Malaussene.

La Procession de Lauris.

Les Penitens blancs du Thaur.

Le dixhuictiéme du susdit mois. Les Penitens blancs de Caumont.

Les Penitens blancs du Revez du Bion.

Les Penitens blancs de Saignon.

Les Penitens blancs de saint Christofle.

Le 22. La Procession des Penitens noirs de l'Isle de Venize.

Le 24. Les Penitens blancs de Tharascon.

Le 25. La Procession de Montpelier.

Le premier iour du mois de Iuin, les Penitens blancs de saint Canat.

Les Penitens blancs de Seiteste.

Le second iour les Penitens blancs de Grands.

La compagnie des Penitens blancs du lieu d'Aiguietes.

La Procession du Puech e sainte Reparade. Les Penitens blancs de Caseneuve.

Le 3. du mesme mois la Procession de Mus.

La Compagnie des Penitens blancs d'Aiguieres y repassa retournant de la ville d'Apt éloignée du lieu de Lumieres de deux lieües : & où ils estoient allez pour honorer les sacrées Reliques de sainte Anne, glorieuse Ayeule de IESVS.

Le 7. Les Penitens blancs de Chateauneuf du Pape.

Le mesme iour la Compagnie des Penitens blancs de la ville de Sault.

La Procession de Ville-Laure.

Le huictiéme les Penitens blancs de Gordes avec grande solemnité.

Les Penitens blancs de saint Remy, & le R. P. Bourrin tres-digne Observantin & Predicateur du Roy, né dans adite ville, fit vn excellent Panegyrique de N. Dame de Lumieres.

Le mesme iour les Pelerins de sainte Croix, & de Vachiere y vinrent Processionnellement.

Le 14. du mesme mois de Iuin, la procession des

des penitens blancs de l'Epine en Dauphiné, de l'Evéché de Gap.

Le 22. La proceffion generale de Bonnieux Diocefe d'Apt, composée de Meffieurs les Preftres, des Reverends Peres Récolez avec leur croix, des hommes, des femmes mariées, des véfves, & des filles, chaque corps marchant en vn bel ordre, deux à deux.

Le 6. jour du mois de Iuillet les trois pro-ceffions des Penitens de la ville d'Apt, blancs, noirs, & bleufs, vinrent enfemble à N. Dame de Lumieres, par vne admirable concorde, & avec la Mufique de l'Eglife Cathedrale, attendus de grand nombre de pelerins, & fuivie d'vne multitu-de de perfonnes de toutes conditions.

Les habitans du village de S. Pantale vinrent rendre vn vœu à N. Dame de Lumieres le 27. jour dudit mois.

Le 3. d'Aouft les penitens blancs de Lagni.

Le 8. Les penitens blancs de fainte Cecile du Diocefe d'Orange.

Le 9. la proceffion generale de Roques Evé-ché d'Aix avec les penitens b'ancs.

Le 15. les penitens blancs de Sorgues.

Le 16. les penitens blancs de Bedaride.

Item les penitens blancs d'Antregues.

Le 23. les penitens blancs de la ville de S. Remy, avec vne raviffante Mufique.

Le 24. les penitens blancs de Malamort.

Le mefme iour les penitens noirs de Berre.

Le 30. les penitens blancs du Cucuron avec vne belle Mufique.

Le mefme iour les penitens blancs de Sablet

En Septembre la proceffion d'Auriole le 6. jour. S 4

Item le mesme iour la procession generale de Crillon.

La procession de Caderouze aussi fort nombreuse.

La procession de la Tour d'Aigues.

Le 7. les penitens blancs de Tullette.

Les penitens blancs de Pertuis, y offrit vn tableau.

Item les penitens blancs de Senas.

Le 13. Iour les penitens blancs de S. Martin de Castillon, avec vn tableau, & la Messe avec la Musique.

Le 27. Les penitens blancs d'Aubignan.

Ie n'ay peu trouver les noms des autres Processions de cette année. Elle se rencontrera.

1665.

EN Avril le 15. du mois. La procession des Penitens noirs de S. Andiol.

Le 17. Les Penitens blancs de Vaurias.

Le 25. Les deux Compagnies des penitens blancs & noirs de la ville de Noves.

En May le 1. iour du mois, les Penitens blancs de Ville-Dieu.

Les penitens blancs de Graveson.

Le 17. Vne procession des filles de la ville de Cavaillon, fort bien vêtues, & vne partie pieds nuds chantans les Litanies de Nostre Dame avec vne devotion qui tiroit les larmes de nos yeux, & de tous les Pelerins.

Le 18. La procession des penitens blancs de Maliane.

Le 25. iour de la Pentecoste, les penitens blancs de

de la ville de Manosque de l'Evéché de Cisteron, avec vne grande suitte de Noblesse, de Bourgeoisie, & de paysans.

Le mesme iour la procession de Metamis.

Item les penitens blancs de Camaret.

Le 26. la procession de la parroisse de Lioux.

Item la procession des filles de saint Saturnin de Provence conduite par les Prestres.

Le 31. la procession generale de Sederon avec les penitens blancs,

En Iuin le 14. du mois la procession des femmes vefues de S. Savournin en Provence.

Le 21. la procession des Enfans, & des filles de Roussillon.

En Iuillet, l'onziesme du mois, la Procession generale de Vaqueras. Les filles y vinrent à pieds nuds.

Le 24. la Procession des Penitens blancs de Mourieres, avec vn gros flambeau & vn bel écusson.

En Aoust, le 9. iour du mois, les Penitens blancs de Sorgues.

Le 23. les Penitens blancs de Pajs, en Dauphiné.

Le 24. les Penitens noirs de Montfrin en Languedoc.

Les Penitens blancs de la ville de Boulene le mesme iour; Auquel vn miracle signalé, qui est le dernier écrit en cette histoire (quoy qu'il s'en soit fait plusieurs, dont ie n'ay pas au temps de la presse les informations) & qui se fit en ladite ville, au mesme temps que cette compagnie faisoit son offrande dans la sainte Chapelle de N. Dame de Lumieres à Goult.

En

En Septembre, le 6. du mois, la Procession generale du lieu de Gigondas.

Le mesme iour, la Procession generale des Penitens de Courtezon.

Le septiéme, les Penitens blancs de Mornas, avec vne exquise Musique.

Fin de la Liste des Processions.

✿❀✿ ✿❀✿ ✿❀✿ ✿❀✿ ✿❀✿ ✿❀✿

POVR NOSTRE DAME
de Lumieres.

O. D. B.

PElerins qui roulez le monde,
 Qui n'auez que de bons desirs,
Et mesprisez tous les plaisirs,
Dont maintenant la Terre abonde :
S'il est vray qu'vn culte pieux,
Vous fasse visiter les lieux,
Où Nostre Dame est honorée
Auec tant de peine & de soin ;
Puis qu'elle est icy reuerée,
Croyez moy n'allez pas plus loin.
 C'est dans cette saincte Chapelle,
 C'est dans ce sainct & petit lieu,

Où

Où la Mere du Fils de Dieu,
Touche nos cœurs & nous appelle :
Cette clarté qu'on voit de nuit,
Ce feu qu'incessamment reluit,
Ces lumieres qu'on voit paroistre,
Et les merueilles qu'on y voit,
Nous font suffisamment connoistre,
Ce que tout le monde luy doit.

Ne parlons pas de ces Oracles,
Qui faisoient damner les mortels,
Disons qu'au pied de ces Autels,
La Vierge fait de grands Miracles :
L'Aueugle y reçoit la clarté,
Et l'Hydropique la santé,
Le Sourd y recouure l'oüye,
Et ce qu'encore est merueilleux,
C'est qu'au mort elle rend la vie,
Si tost qu'on luy offre des vœux.

Des Rompus, des Paralytiques,
Et d'autres gens incommodez,
Qu'icy s'estoient recommandez,
Sont tous gueris jusqu'aux hectiques :
De mesme en est-il des Boiteux,
Des Phtisiques & des Goutteux,

Le

Le muet y reçoit la parole,
Et tous ceux qui sont affligez,
La saincte Vierge les console,
Et s'en retournent soulagez.

Enfin tous les maux incurables,
Mesme ceux qui sont inconnus,
Sont gueris comme les connus,
Par des remedes admirables :
Ces remedes tombans du Ciel,
Plus doux que le sucre & le miel,
Sont des remedes de la grace.
Demandons la deuotement,
Et supplions Dieu qu'il nous fasse,
Et viure & mourir sainctement.

❖❀❀❀❀❀❀❀❀❀

PRIERE DV PECHEVR
à la saincte Vierge.

SONNET.

MERE de lumiere & de grace,
Reyne de la Terre & des Cieux,
Iettez vn Rayon de vos yeux,
Dans mon cœur qui n'est que de glace

C'est

C'est au cœur où le vice passe,
Mille desirs pernicieux,
Et mille objets delicieux,
Flatent le mien quoy que ie fasse.

Mais puisque vôtre Fils est doux,
Et que c'est pour l'amour de vous,
Qu'il tarde de punir le crime;

Faites s'il vous plaist que mon cœur,
Soit plûtost du peché vainqueur,
Que s'il en estoit la victime.

PANEGYRIQVE
pour S. Michel Archange, dont la Chapelle est proche de N. Dame de Lumieres.

Apres que i'eus offert des flambeaux & des cierges;
A la Mere de Dieu & la Reyne des Vierges,
Et que i'eus acheué ma priere & mes vœux,
Ie vis paroistre en haut vne Eglise où ie fus,
Laquelle est au sommet d'vne montagne assise,
Et qu'on a dedié au Prince de l'Eglise.
Ie m'arrestay lõg-temps dans cét antique lieu,
Pour y faire oraison & parler auec Dieu,
Et rendis mes respects au plus grand des Ar-
changes.

T

Duquel ie veux chãter maintenãt les loüanges,
Et faire aussi connoistre à mon deuot Lecteur,
Que le grand S. Michel est nostre Protecteur,
Que le grand S. Michel l'est de toute la France,
Et qu'il a toûjours eu grãd soin de la Prouence.

   C'est luy qui combatit l'orgueilleux Lucifer,
Et le ietta du Ciel au plus profond d'Enfer,
Auec tous les Demons qui sont dãs les abysmes,
Que l'Eternel à fait pour y punir nos crimes.

   Vous estes donc grand Sainct ce genereux
      vainqueur,
A qui ie veux donner presentement mon cœur,
Ie vous l'offre grand Sainct & vous donne
      mon Ame,
Brûlez-la s'il vous plaist d'vne celeste flamme,
Afin que ie ne sois iamais plus empesché,
De m'aprocher de Dieu par l'horreur du peché,
Et que ie n'aye plus desormais d'autre ennie,
Que de changer de mœurs & reformer ma vie.
                              A. D. COTHOLENDY.

✦✧✦✧✦✧✦✧✦✧✦✧✦✧✦✧✦✧✦✧✦

Priere à la Sainte Vierge, faite par Monsieur de Saporte Gentil-homme du Languedoc, en sa maison de Goult, vis à vis la sainte Chapelle.

Ymable Reyne des Lumieres,
Souffrez que nos cœurs & nos voix,
Vous puissent porter à la fois,
Et nos Saluts & nos Prieres :
Car comme mal-heureux enfans,

                                        De

De ces mal-heureux offensans,
Qui premiers cognurent la terre;
Nous implorons vostre secours,
Contre la domestique guerre,
Que leur vieux manquemens nous li-
    vrent tous les jours.
O toûjours Vierge, & toûjours Mere,
O toûjours Mere des douceurs
O toûjours Mere des faveurs,
MARIE toûjours debonnaire,
Dans ce sejour plein de douleurs,
Le visage couvert de pleurs,
Nous racontons nostre martyre;
Et par l'excés de nos soûpirs,
Nous vous parlons sans vous rien dire
De nos soins, de nos maux, & de nos dé-
    plaisirs.
Sus donc nostre Liberatrice,
Qui par l'excés de vos bontés,
A tous pecheurs vous presentés,
Toûjours constante Protectrice.
Sus donc monstrés-nous ces regards,
Qui se font voir en toutes parts,
Les seuls soûtiens des miserables,
Et jettés sur des mal-heureux,
Ces doux, ces toûjours secourables,
Ces yeux, qui nous feront à l'instant
    bien-heureux.

        SAPORTE.

SPlendida Carmeli patribus qua splenduit
    olim
    Stella suum recreat luce Maria locum,
Hæres Carmelus lucis, iam lumine gaudet,
    Talem namque decet lumen habere locum.
Ipsa, futura licet, Carmelo apparuit olim,
    Iam gaudet natis luce fauere suis.
Quaque diu nostris oculis occulta remansit,
    In proprio voluit surgere stella loco
Sic merito lucis Carmelus restitit hæres,
    Splendeat vt propriis, stella Maria locis.
Splendet vt abstergat sordes, tenebrasq; repellat.
    Peccatii, rradians lumine corda suo.
Splendet vt ægrotis tandem miserisq; leuamen
    Conferat, & pellat radiis crimina nostra
    suis
Huc igitur quotquot miseri properate, Maria
    Stella nitet, miseris stella Maria fauet.

F. PATRICIVS C.

LES

LES SALVTS DES RELIGIEVX
Carmes, à N. Dame de Lumieres.

Salutate Mariam, quæ multùm labo-
rauit in vobis. *D. Paul. Ep. ad Rom.*
cap. 17.

SAlve Domina luminum,
Et Salvatoris hominum
Mater Augustissima.
  Digna Cœlis vt Imperes
Cùm sis, Virgo, mulieres
Inter omnes maxima.
  Salve Dei sacrarium
Lumen infundens varium
Famulorum mentibus.
  O deuotio celebris!
Exortum est in tenebris
Lumen, cunctis gentibus,
  Salve Carmeli gloria,
Quam tota Cœli curia
Semper venerabitur.
  Tot, ac tantis Miraculis
Subiecta nostris oculis
Te quis non mirabitur?
  Salve Cœlestis medici
Genitrix; quæ potes dici
Vera Salus omnium.
  Resplendens cœcis oculus,
Firmus Infirmis bacalus,
Stupidis ingenium.
  Salve medela flentibus,
Hernia laborantibus

T 3

Atque vita mortuis.

Expertes ergo scelere,
Te debemus extollere
Laudibus perpetuis.

Salve Lumen fidelium
Theatrum mirabilium
Hoc in territorio.

Nostra penitùs crimina
Tua consumant Lumina
Vt in Purgatorio.

Salve virago Virginum,
Necnon Virgo viraginum
Heroïna Cœlica.

Omne depelle noxium
Præclara lampas noctium
Et Pharus Angelica.

Salve lux, Arca fœderis
Majoris sidus sideris
Charitatis vinculo.

Iunge precantes servulos
Cuius vita per populos
Lucem dedit sæculo.

Salve, quæ nunquam deseris
Opem ferendo miseris
Esto nunc propitia.

Populis te colentibus
Vndique confluentibus
Sanitatis gratiâ.

Salve, quæ flexit genibus,
Pro nobis oras omnibus
Agnum sinè maculâ.

Vt viuamus perennia
Semper tecum, per omnia
Sæculorum sæcula.　Amen.

F. Petrvs Carm.

Litanies de N. Dame de Lumieres.

KYrie eleison. Christe eleison. Kyrie eleison.
Christe Audi nos.　Christe exaudi nos.
Pater de cœlis Deus.　miserere nobis.
Fili Redemptor mundi Deus.　miserere nobis.
Spiritus sancte Deus.　miserere nobis.
Sancta Trinitas vnus Deus.　miserere nobis.
Sancta Maria Luminum Domina. ora pro nobis.
Æterni Solis sine principio Patris filia.　ora.
Æterni Solis Increati Verbi mater.　ora.
Æterni Solis Spirati Spiritus sponsa.　ora.
Lumen Sacrosanctæ Trinitati vicinius.　ora.
Lumen transcendens creata lumina.　ora.
Lumen supereminentissimum Angelorum.　ora.
Lumen speciosissimum omnium Sanctorum. ora.
Lumen illibatum omnium viventium.　ora.
Lumen secundum de lumine primo.　ora.
Aurora splendidissima humanæ salutis.　ora.
Aurora destruens peccati tenebras.　ora.
Aurora indeficientis prævia solis.　ora.
Aurora primogenita Dei effigies.　ora.
Aurora sacræ Triadis imago potior.　ora.
Aurora præambula lucis invisibilis.　ora.
Stella matutina semper immaculata.　ora.
Stella maris nitidissima.　ora.
Splendor scintillans naturæ.　ora.
Astrum gratiæ fulgentissimum.　ora.
Sydus gloriæ potentissimum.　ora.
Planeta saluberrime.　ora.
Cœlum fulgidissimum.　ora.

Genitrix

Genitrix facra lucis inextinguibilis. ora.

Firmamentum vniformiter motum. ora.

Virgo Coronata ftellis duodecim. ora.

Mulier Amicta fole fempiterno. ora.

Mater omnes irradians fanctos Empyrei. ora.

Fœmina Luci inacceffibili immerfa. ora.

Luna myftica fine vllâ labe Originis. ora.

Luna plena omnibus gratiis. ora.

Luna femper corufcans admirabiliter. ora.

Luna fine Eclypfi immaculata. ora.

Luna miranda diei & noctis. ora.

Luna Paradifi æternùm indeficiens. ora.

Supercœleftis Throne Dei Omnipotentis. ora.

Splendidiffimum tabernaculum increati. ora.

Fulgor perpetuæ æternitatis. ora.

Lucifera & Regia Davidis Proles. ora.

Claritas poft Deum omninò prima. ora.

Cœlum cœli ineffabile. ora.

Sol fecundarie Æterni Regni. ora.

Sol primigenie purarum creaturarum, ora.

Sol divitiarum, Dei facrarium. ora.

Sol fons omnimodæ lucis. ora.

Sol in quo contenta fuit Divinitas. ora pro.

Sol dominator Angelorum & hominum. ora.

Sol totum orbem illuminans. ora.

Sol calefaciens omnes fideles. ora.

Sol vniverfam fœcundans Ecclefiam. ora pro.

Lumen Carmeli Decor. ora pro nobis.

Lux caufa tuæ caufæ. ora pro nobis.

Omnium Regina Luminum. ora pro nobis.

Noftra Domina de Luminibus. ora pro nobis.

Agnus Dei qui tollis peccata mundi. Parce nobis
  Domine.

Agnus Dei qui tollis peccata mundi. Exaudi nos
  Domine.

Agnus Dei qui tollis peccata mundi miserere
nobis.

℣ Ora pro nobis Domina Luminum.

℞ Vt liberemur à tenebris vitiorum.

Oremus.

DEus qui miris luminibus, insignibus miraculis, stupendis pœnitentiæ auxiliis, & con-
tinuis sacrosanctæ Eucharistiæ beneficiis, tuam
irradias, consolaris, sanas, & nutris Ecclesiam:
Quique dignaris varios favores elargiri fideli-
bus, qui in tristi peccatorum vmbra & lætalibus
criminum tenebris sedentes, singulari præventi
gratiâ, tuam infinitam misericordiam implorant,
per intercessionem Beatæ Virginis Mariæ sub
titulo nostræ Dominæ de Luminibus, te su-
plices exoramus, vt nos ab omnibus peccatis,
infirmitatibus animæ, & corporis morbis, cle-
menter liberare digneris per merita eiusdem
Virginis Matris, quæ lumen æternum mundo
effudit Iesum Christum Dominum nostrum Fi-
lium tuum, qui tecum vivit & regnat in vnitate
Spiritus sancti Deus, per omnia sæcula sæculorum:
Amen.

Oraison pour les fideles Pelerins de Lumieres.

SAcrée Vierge ie suis venu en cette
Chapelle : où les Religieux de
vôtre Ordre des Carmes, vos anciens
Cliens, vos Freres adoptifs, & Enfans
bien-aymez, vous honorent sous le
titre

titre de Dame de Lumieres. Ie m'y
prosterne humblement à vos pieds:
& vous y rends sous cette precieuse
qualité mes hommage en toute soû-
miffion, comme à la tres-sainte Mere
de Dieu Verbe Incarné, Reyne des
Anges & des hommes, Imperatrice
du Ciel & de la terre. Ie vous y pre-
fente en tres-profond respect, ma perfonne, mes vœux, & mes Requeftes,
comme à ma premiere Maiftreffe,
fureminente Souveraine, aymable
Bien-factrice, & Protectrice finguliere.
Ie fupplie vôtre tres-fainte Majefté,
de mettre mon ame & mon corps
fous fa divine fauvegarde, contre tous
les affauts de Sathan, les forces de
l'Enfer, & les deffeins de mes ennemis
connus & inconnus. Etoille de la mer,
Aftre bien-faifant, Planette d'admirable influence, Lune fans tache origi-
nelle, Soleil de grace; Procurez-moy
l'affiftancé de Dieu dans mes infirmitez fpirituelles & corporelles, par
vos interceffions puiffantes, & vos
fuffrages efficaces. Ie vous prie ineffable MARIE ! miraculeufe Vierge-
Mere, de m'obtenir de l'Adorable.
Createur

Createur vôtre Pere Eternel, du pitoyable Redempteur vôtre Fils temporel, & du confolant Saint Efprit vôtre myftique Efpoux, les Lumieres de la grace, pour chaffer par leurs energiques rayons, les épaiffes tenebres des vices, & les infames obfcuritez de tous pechez. Ouvrez, ouvrez vos yeux à mes befoins, vos oreilles à mes requeftes, vôtre cœur à mes vœux, vos mains à mes demandes, ô Dame de Lumieres! Ainfi foit-il.

Oraifon de N. Dame de Lumieres.

Dieu Tout-puiffant, qui éclairez, confolez, gueriffez, & nourriffez tous les fideles, par des lumieres admirables, par d'infignes miracles, par des fecours étonnans de la penitence, & par les bien-faits de la tres-fainte Euchariftie. Et qui daignez départir diverfes faveurs aux Chreftiens, lefquels eftans affis dans l'ombre trifte de leurs pechez, & dans les tenebres de leurs crimes, & en fuite prevenus par vne grace finguliere ; implorent

vôtre

vôtre infinie misericorde ; par l'intercession de la bien-heureuse Vierge
Marie, invoquée soubz le titre de N.
Dame de Lumieres ; Nous vous supplions humblement, de nous delivrer
par vostre clemence de tous pechez,
des infirmitez de l'ame & du corps:
par les merites de la même Vierge-
Mere, laquelle a donné au monde la
Lumiere eternelle Iesvs - Christ
nostre Seigneur & vostre Fils, qui
regne avec vous, & le S. Esprit dans
tous les siecles des siecles. *Ainsi soit-il.*

F. M. D. S. E.

F I N.

Approbations des Docteurs.

IE souſſigné Docteur de Sorbonne
& Theologal de Lyon , certifie
auoir leu vn Liure intitulé *Le ſaint*
Pelerinage de N. Dame de Lumieres, &c.
dans lequel ie n'ay rien reconnu qui
le puiſſe empeſcher d'eſtre imprimé.
Fait à Lyon, ce 24. Mars 1666.

ARROYS.

ON peut lire deuotement le Liure
des Miracles de nôtre Dame de
Lumieres , au Dioceze de Cauaillon,
ſans crainte d'errer en la foy. A Lyon
ce 27. Mars 1666.

MORANGE Docteur
en la Maiſon, & So-
cieté de Sorbonne.

IE souſſigné Docteur en Theologie
de la Faculté de Paris, & Prouincial
des Carmes de la Prouince de Nar-
bonne, ne dois pas ſeulement donner

V

ma simple Approbation à l'histoire des Miracles de N. Dame de Lumieres; mais ie suis obligé d'en parler en témoin oculaire, puisque i'ay eu la consolation d'aller visiter en personne à Goult, la sainte Chapelle : apres auoir presidé en Auignon pour nôtre R.me P. General, au Chapitre Prouincial de Prouence. I'ay appris auec joye en cette Assemblée, que le zele & la prudence du R. P. MICHEL du S. Esprit, Commissaire general de la Reforme de cette Prouince, auoient fait l'acquisition de cette deuotion à nostre Ordre sacré : I'ay veu les vœux & témoignages des miracles : & ie ne puis dire autre chose, sinon que c'est auec iustice qu'on approuue ce Liure du *Saint Pelerinage*, & qu'il ne contient rien qui ne soit conforme aux bonnes mœurs, & selon les principes infaillibles de la foy Catholique. En foy dequoy &c. A Moulins le 20. Mars 1666.

LOMBARD.

Oo

ON ne sçauroit jamais assez dire, ny écrire de la Mere de belle Dilection. C'est pourquoy moy soussigné Docteur en Theologie, j'atteste que i'ay leu & examiné attentiuement le Liure intitulé *Le saint Pelerinage de N. Dame de Lumieres*, composé par le R. P. MICHEL du S. Esprit, Commissaire general de la Reforme des Carmes de Prouence, auec joye & consolation. I'y ay trouué tant & de si grands miracles, & merueilles si extraordinaires operées apres l'inuocation, & par l'intercession de la Mere de Dieu ; que si ie ne sçauois, que l'on ne peût jamais assez l'honorer, ayant donné au Monde celuy à qui est deu toute gloire & loüange: & qui est selon la harangue de l'Ange, toute remplie des rayons de la grace; j'aurois difficulté de donner mon suffrage. Mais cognoissant plusieurs de ceux qui ont receu les graces de nôtre Dame de Lumieres : & voyant le certificat & le consentement de Monsieur de Vassous, Preuost & Vicaire general de Cauaillon *le Siege vaquant*; l'appreuue

preuue auec consolation ce petit ou-
urage, & asseure n'y auoir rien trouué
qui ne soit conforme à la foy Catholique, & selon les bonnes mœurs. En
foy dequoy, &c. Fait à Lyon ce 27. de
Mars 1666.

AVTOSSERRE.

VEu l'Approbation des Docteurs
cy-dessus, Nous permettons
l'impression du Liure intitulé *Le saint*
Pelerinage de N. Dame de Lumieres.
A Lyon, ce 29. Mars 1666.

L'ABBÉ DE S. IVST
Vic. Gen.

PERMISSION.

IE n'empesche pour le Roy, qu'il soit
permis au Sieur IEAN GREGOIRE
Marchand Libraire & Imprimeur,
d'imprimer le Liure intitulé *Des Mi-*
racles de N. Dame de Lumieres, &c.
Fait ce 29. Mars 1666.

GALLIAD.

Consentement.

SOit fait suiuant les Conclusions du Procureur
du Roy, ce 29. Mars 1666.

DE SEVE.

Ex libris claudii le
mure 1647

www.ingramcontent.com/pod-product-compliance
Lightning Source LLC
Chambersburg PA
CBHW071821020726
47502CB00004B/1188